JN315689

河出文庫

新学期

長野まゆみ

河出書房新社

目次

新学期

第一章

兄のつごうでやむなく転校するはめになった史生《ふみお》は、不満だらけの胸のうちをしかめつらにあらわして、その第一日目の朝をむかえた。なれ親しんだ町をでて、だれひとり知りあいのない遠くの土地で暮らすのである。

史生と兄の朋彦《ともひこ》は、十七も歳がはなれている。兄弟らしいなんの関連もないたがいの名に、両親の気まぐれと、彼らの歳の差があらわれていた。そればかりか、史生がまだ歩けもしないうちに、相次いで父母が亡くなった。以来、史生は子どものない叔父夫婦のもとで暮らしてきた。史生がものごころついた時分、朋彦はすでに大学へかよい、わざとかと恨みたくなるほど遠い土地で下宿生活をおくっていた。

史生は、兄の存在を盆暮れごとに思いだし、いっぽうで一年の大半は忘れてすごした。兄弟らしくたわむれたことのない兄を、いつまでたっても身ぢかには感じられない。たまにあえば、親がわりのつもりで口やかましく、弟のすることをいちいち気にかけては、こごとばかりいう。史生はにげるが勝ちと思い、兄の帰省中は、なるだけ家によりつかないようにしてすごした。この調子で、ずっと暮らしてゆくのだろうと、思っていたやさきのことである。

よりにもよってその兄が、史生を引きとるといいだした。職を得て経済もたち、兄弟で暮らす見とおしもついたというのが理由だ。朋彦は、いつものひとり勝手で段どりをととのえ、史生は口をはさむまもなく叔父夫婦の家をでることになった。学年の中途で、学校まで変わらねばならない。日ごろは、史生のがわにたってかばってくれる叔父叔母も、朋彦の頑固なことは心得ていて、しまいには説得をあきらめてしまった。史生は、すっかり子どもあつかいされ、意見すら求められない。

「そんなの、横暴だよ。」

「なにいってるの。朋《とも》ちゃんは、あんたのことを一番に考えているんじゃないの。」

ことがきまってしまえば、ふところのひろい叔母も、もはや味方ではない。朋彦は、まもなく兄弟で住む家をみつけ、てはずをととのえた。不平をいってすねている史生にはおかまいなしで、さっさと転居の準備をする。やがて、学校の届けも、近所へのあいさつも万端《ばんたん》ととのえたうえで、史生をむかえにきた。口ぶりは淡々としていても、態度は強引である。力ずくでもつれてゆく、というふうだった。しぶしぶながらも史生が腰をあげたのは、もとより家出をするほどの楽天家でもなければ、どうしても居のこらねばというほど、住みなれた町に未練がないからだった。新天地は、数百キロもはなれた土地である。実のところ、史生は期待半分、興味半分で、ふくれつらも忘れてしまいがちであった。

「すこしくらいは、そなえをしているんだろうな。」

大学の研究員をしている朋彦は、自分の身じたくをしながら姿見《すがたみ》ごしに声をかけてきた。史生は、兄が役場でそろえた書類を持って、ひとりで転入先の学校へゆく。封筒へいれた書類は、朋彦が点検をしたまま、一度も出しいれしないでそっくり束ねてあった。兄として気にかけるのは、新しい学校へすんなりなじむだけの、心がまえと予習はできているのか、ということである。史生は真新しい制服がからだにしっくりこないのを恨《うら》めしく思いながら、食卓へのんびり腰をおちつけていた。

「まだ、」

「ゆうべのうちに、教科書へ目をとおすくらいはしておけといっただろう。」

「だって、時間割もわからないんだから、手のつけようがないさ。」

史生は箸《はし》を持ったまましばし手を休めるなどして、遅々としてすすまない朝食をまだつづけている。じきに八時だ。学校までは徒歩で十五分かかるという話だった。そろそろしたくをしようという気はあったものの、兄にせかされたのでわざと動作をのろくした。

気みじかな朋彦は、文句をならべたててさきに家をでた。と、思うまにひきかえしてきて、戸じまりや火の元のことでゆうべから何度も口にした注意を、また順ぐりにのべたてた。

「そんなに気がかりなら、弟とふたりきりの同居など思いつくな」、とのどまででかかるのを、史生はなんとかとどめて、すわったなりで兄を見おくった。

引っこしをしてから三日になるが、史生はまだほとんどの荷を解《と》いていない。せっかちな兄にたいして、すこしでもいやがらせをしようというつもりなのである。兄は、緩慢な動作や、ぐずぐずした態度が大きらいで、そんな弟のありさまを目にして毎日いらだっている。史生のほうは、兄の怒りをかうくらいは覚悟のうえだから、相手が立腹するほど満足した。

史生は、兄のでかけたあとでおもむろに戸じまりをし、転校というもうひとつのめんどうな手つづきにむかって、はかどらない歩みをはじめた。真新しい制服の、身になじまない着ごこちの悪さは、歩きだしてなおさらましていた。ひじやそで口がいちいちごわついて、最下級の生徒でもないのに、借りものみたいなかっこうになってしまう。なれない敷石《しきいし》道が、くつ底にひっかかるのも気にいらない。

夏休みのあとの、中途はんぱな転校である。引っこしだの、手つづきだののの関係で、もう十月だ。この秋は、いつになく早く冷えこみ、霜のたよりもすぐ届きそうな気配だった。長そでの制服が、苦にならないのはさいわいで、風変わりな小豆《あずき》いろの上着も、あたりの古めかしいたたずまいと調和がとれていた。きのうおぼえたはずの学校への道順は、ふたつほど角をまがったあと、史生の記憶からすっかり消えうせた。次に左へはいるのか、それともとうぶんはまっすぐすすむのか、見当もつかない。引っこしの日の夕方、兄のこごとを聞かされながら下見をした。ふてくされていた史生は、ろくろく注意をはらわずに歩いた。

学校のあたりは袋小路《ふくろこうじ》のおおい、こみいった路地ばかりだった。どのみち、一度ではおぼえきれない、というのが史生のいだいた印象で、おおまかな方角だけを頭にいれた。

しかし、けさはそれすら、おぼつかない。ひとつだけ思いだすのは、目印になりそうな塔が、前方に見えていたということだけだ。しかし、右手だったか、左手だったかは定かでない。このあたりでは商家でなくとも日暮れには軒《のき》あんどんをともすらしく、屋号を書いた白い火屋《ほや》があちこちに見えた。そのくせ、どこもきっちり木戸をしめていて、道をたずねようにも、とりつくしまがない。

ゆきかう人もなく、史生は、あてずっぽうに左手の細いくだり坂をおりてみた。段々坂《だんだん》のさきは、すこしだけたいらになって静かなかいわいがつづいた。まもなく杉板の塀につきあたり、ふたたび左右の道を選《よ》らねばならない。たちどまって思案していた史生の視界に、彼とおなじ制服を着た生徒の姿が見えた。そで口に紺のぬいとりをした小豆いろの上着と帽子、灰いろのズボン。史生は学校までの道づれができたと思い、ひと安心して少年のあとをつけることにした。二十メートルほどさきを歩くその少年は、背丈も史生と似かよっている。ひょっとしたら歳もおなじくらいかもしれない。

少年はやたらと白いうなじが目だっている。ひざをのばして歩く姿は敏捷《びんしょう》そうで、肩がけにした茶いろのかばんが適当に傷《いた》んでいるのも好感がもてた。史生の判断では、かばんが妙に新品同様だったり、必要以上に壊れていたりするのは神経質すぎるか、あつかましいかのどちらかだ。前を歩く少年はそのどちらでもなく、制服もさりげなく着くずしている。かしこまったのも、だらしがないのも好みにあわないが、制服の限界をじゅうぶん知りつくしたうえで着こなしているのが、史生の興味をひいた。自然、少年との距離を適度にたもちながら歩くことになった。

　路地は思ったよりも複雑で、史生はじきに、地図も持たずに家を出たことが、そもそものまちがいだということを深く反省した。このあたりは似たような袋小路やまがりくねった細道がやたらとおおい。前をゆく少年はけっこう足がはやく、史生は角をまがるたびに彼を見うしなわないよう小走りになった。少年を追うことに気をとられ、道順はさっぱりわからない。このぶんではあすも道に迷うだろう。学校の近くへゆけば、下見しておいた道をすこしでも思いだすのではないかと甘くみていたが、史生にはもはや自分の居場所すらわからなくなっていた。肌ざむい季節だというのに、たっぷり汗をかくほど歩いた。

　兄と歩いた夕べには、こんなに長い道のりとは思わなかった。兄は、終始《しゅうし》ことを口にしていた。ボタンをなくしたシャツをそのままにしておいたことにはじまり、転校にさいしてまるで心がまえができていないことや、引っこしの荷ほどきをしないことなど、さいげんなくのべたてる。道をおぼえるひまなど、あるわけはない。

少年は、また小路《しょうろ》の角をおれた。いつまでも学校が見えてこないので、史生もようやく不審をいだいて、念のために腕時計を見た。とうに始業時間をすぎている。しかも、ほんのちょっと目をはなしたすきに、少年も忽然《こつぜん》と消えてしまった。路地のどこにも見あたらない。

史生は前後左右をながめ、小走りにいくつかの角まで走りでて、間近な家の生垣《いけがき》のなかまでのぞいて少年をさがした。しかし、姿はおろか、足音すら聞こえなかった。静まった路地が、あちこちへのびているだけだ。万事休す。史生は、困りはてて立ち往生した。

「ずいぶんまぬけな尾行だな、」

突然、史生のうしろで声がした。あわててふりむいた史生の目の前に、ひとりの少年がたたずんでいる。オモダカの葉を紋とする校章をつけた小豆いろの上着は、史生の着ている制服とおなじである。えりもとでふわりとひろがった濃紺のボゥの結びかたは、どうということもないのに、その少年の顔だちとあいまって、目をみはるほどさまになっている。

史生はといえば、まだボゥなどというものが気はずかしくて、結びかたもぎごちない。むろん蝶結びにはしない。結び目をひとつ作って、あとは垂《た》らしておく。それだけのことが、なかなかむつかしかった。タイならともかく、ひとつまちがえば女々《めめ》しくもなりがちなボゥは、新しい制服の、いちばん気にいらない点でもあった。それを、この少年はもののみごとに、結んでいるのである。規定にはないピンを刺していて、そのごく細い銀の細工が、見えかくれするようすもいい。

さきほどまでうしろ姿を追っていたので、少年の顔を見る機会はなかった。ただ、さまになった歩きぶりから察して、まのぬけた面《つら》がまえではないだろう、ぐらいの見当はつけていた。はたして、こにくらしいほど目鼻のととのった、凛《りん》としたようすの少年である。手練《てだれ》の職人が彫りあげたような筋のきわだった眼縁《まぶち》をみひらき、史生の真新しい上着やかばんを、しげしげとながめている。からだになじんでいないことが、こっけいだとでもいいたげだ。史生は腹だち半分、制服が身につかないのも認めていたから、居なおり半分で、ふてぶてしく相手を見すえた。少年もひるまない。ひょいと手をのばして、史生のボゥを結びなおした。

一瞬、息がとまった。なぜなのかはわからない。少年の指が、史生の身体へまっすぐはいってくる気がした。皮膚感ではなく、目に見えない電子の流れのようなものだ。史生はえりもとで動く細い指に目をとめて、爪の半月がきれいな少年だな、と指さきにまで手ぬきのない容姿に感心した。

「結びかたがなっちゃいない。つまり、転校生ってわけだよね。どうして、ぼくを尾行《つけ》たのさ。よりにもよって、」

道に迷ったことを茶化している。史生はあらためてムッとした。少年は、史生のいきどおりなど気にもかけないであとをつづけた。

「あいにくだったね、ぼくは一限目から授業にでたり、毎日学校へ行ったりしないんだ。」

さも、まっとうなことのようにいう。史生もカタブツな生徒ではないから、面喰らいはしないが、妙なことをいうヤツ、と相手をながめた。遅刻するのもサボるのも、一生徒のかってだ。ただ、少年の道案内で学校へたどりつこうともくろんでいたあてがはずれ、史生はおさまりがつかない。転校初日の出端《でばな》をくじかれた。耳もとで、朋彦の説教の数々がよみがえるほどだ。史生は少年を恨めしく思い、「よりにもよって」と自らつけくわえる居なおりに、端《はな》から、してやられたのだという悔しさをつのらせた。もともと史生が悪いのだからいさかいをするつもりはないが、今さら道をたずねるのもしゃくにさわる。史生はきびすをかえし、やみくもにひとりで歩きだした。

「逆だよ。学校はあっち、」

少年は自分の肩ごしに段々の坂道を示している。今さっき、おりてきた道に似ていた。少年は道の端へよけて、史生が通るのを待っている。どのみち現在地も知れないので、うたがってみてもはじまらない。史生は少年のいうとおり坂道をのぼることにした。

「ありがとう。」

史生は、礼をいって少年のかたわらをとおりすぎた。べつに感謝をこめたわけではない。もうかまうな、という調子だった。

高台と窪地《くぼち》が、坂だの階段だのに結ばれて、そこかしこにある。そんな印象の風景だ。家並《やな》みはどこもここも似かよって、高さもそろっている。ところどころ目だつのは、社《やしろ》の大屋根や、塔である。史生がのぼった坂の上は、このあたりにいくつもある古びた寺の覆瓦《ふきがわら》の屋根を見おろしていた。境内の楓《かえで》は、先端のほうから色変わりをはじめている。緑と紅《くれない》に、ちょうど半分ずつ染まった葉が、屋根の上に落ちていた。

高台から見はるかす家並みが黒っぽいのは、たいていが寺社の大屋根だからである。やたらと寺のおおい、抹香《まっこう》くさい町だった。方々で線香のけむりがたちのぼり、はやくも落ち葉をたく庭も目についた。角々《かどかど》に常緑の古木がはえて、視界を分断した。史生は、さらに奥まった石段をのぼった。崩れかけた段々の先に、塔がそびえている。坂の下からは、まったく見えず、不意にあらわれた。唐風《からふう》でもあり南蛮《なんばん》渡りでもあるような造りで、銅葺《ふ》きの天蓋《てんがい》が、とってつけたようにのっている。塔は木造で、しっくい壁と銅打ちの金具だけが真新しい。おおまかには三層にわかれ、一層目には幅ひろの露台《ろだい》があって、欄干《らんかん》はつる草の彫刻をほどこしてある。二層目に渡り廊下があり、隣の棟《むね》とつながっていた。史生はその建物の造形にひかれたのだが、垣根をめぐらした一帯はあきらかに私有地で、立ちいりを拒む気配がした。彼は、見知らぬ土地への遠慮があって、そのさきへ踏みこむことをしなかった。強引にすすんでも、とおりぬけはできそうもない。

灌木《かんぼく》にからみついた野《の》ぶどうの果《み》が目をひいた。紫と思えば紅《あか》く、青藍《せいらん》と思えば緑いろにかがやく果はガラス玉のように、ひかりをあつめる。ひとつひとつにことなった彩りが宿るのだ。

球果のように見えるが、実のところは昆虫が巣くって腐らせたこぶであって、果ではない。やたらと色とりどりなのはそのためだ。ひとつとしてまともな果はない。そういう話を聞かせるのも兄なのだが、こごといっしょくたであるために、史生にはたいしてありがたくない。野ぶどうを手にとることもしないで段々をひきかえし、少年とわかれた道へもどった。

いちばん下の石段に、石を重しにした紙切れがおいてある。透けるようにうすい紙だが、インクはにじんでいない。SやTをやけに大きく書いた細い文字が記してある。わざと横文字にする感覚や、なめらかに躍《おど》る手なれた曲線は史生の好奇心をかきたてるものだったが、人をからかってたのしむ性根《しょうね》がにくらしい。紙には学校までの道順を書いてあった。その地図さえでたらめかもしれないが、ほかにあてもない。史生は地図をたよりに歩きはじめた。十五分ほどかかって、ようやく校舎らしい建物の屋根が見えた。

初日から遅刻した史生を、担任教師は渋面《じゅうめん》でむかえた。それより、兄に知れて、またもや長々とこごとをくうのかと思えば、そのほうがやりきれない。事務室での手つづきはごく簡単にすみ、史生はさっそく教室へつれてゆかれた。授業はもう二限目の途中で、あいさつもそこそこに席へついた。ひそひそと、おきまりのささやき声がもれ、たまりかねた教師が、のどをつまらせたような音をたてるまでつづいた。史生にすれば、ことさら目だつつもりもなかった転入の第一日目が、こんな結果になったのは不服である。

彼に用意された席は、転校生むけの端《はし》っこではなく、衆人環視《しゅうじんかんし》といった態《てい》の、教室のまんなかあたりだった。となりの席もあいていて、教室の空気はどことなくゆるんでいる。退屈で単調な国語の授業が進行していた。教師は、あらかじめさだめた手順を、乱されたくないようで、史生にはほとんど関心をしめさない。生徒たちのざわつきがおさまったのち、教室にはあらためて眠りをさそう空気がひろまった。外壁を伝うつる草が窓辺をかすめて、焦げたような影を天井へ映じている。高窓の、ななめに押しあけたすきまから、すみきった空の、いさぎよい青さがのぞいた。

史生にとって、転向初日に遅刻するなどは予想外のことだった。始業まえに、ある程度の紹介や会話で手ごたえをつかみ、そのうえで授業にのぞむはずだった。生徒たちは、案外まじめに授業をうけている。朋彦が独断できめた転校さきだけあって、どうやら勤勉で窮屈《きゅうくつ》な校風のようだ。

史生があの少年をみつけるのに、さほど時間はかからなかった。やはり同年で、しかもクラスまでおなじだった。すました顔をして授業をうけている。左ききだ。だが、次にペンを持ったときには右手だった。史生はもう一度、さっきの地図をだしてみた。ながめているうちに、その道順がわざと遠まわりに書かれていることに気づいた。腹だたしいというより、転校生を相手に、こうまでからんでくるしつこさがおもしろい。つぎの休み時間には、礼のひとつもいってやろう。なりゆきでいさかいに発展しても、腕におぼえのある史生なので不都合はない。悪ふざけの度あいからして、なぐるくらいは当然だとも思われる。史生はひそかに休み時間を待ちわびた。そのうち、長閑《のどか》にまのぬけたチャイムがなった。

生徒たちは、なんだかあわただしく教室をでてゆく。史生があっけにとられているうち、教室にはだれもいなくなった。黒板に、「三限目は地階の第一理科教室へ移動」と書いてある。史生は、すぐさま彼らのあとを追いかけた。事前に学校のなかを見てまわる余裕などなかったので、校舎のつくりも教室の配置もわからない。皆のあとを追うしかない。とはいえ、廊下へ出ればおなじ制服の生徒ばかりで、学年も級友かどうかの見わけもつかない。どの生徒にしたがえばよいのか、たちまちわからなくなった。史生は、ひとまず地階へおりてみることにした。

それほどひろい校舎ではない。一学年はふたクラス。中等部と高等部、生徒数はあわせて三六〇名ほどのこぢんまりとした学校だ。地下におりた史生は、教室の表示をたよりに第一理科教室を見つけ、そこへはいった。だれもいない。指示どおりに、移動したはずである。史生は不安になりつつも、まちがいはないと信じて、ひとけのない教室でみんなを待った。まもなく授業の開始を知らせるチャイムがなった。だしぬけに笑い声がする。だれもいないと思った教室に、例の少年がひとりだけすわっていた。後方の机の上にである。

「ほかのみんなは？」

「東端の視聴覚室。」

「だって、黒板には地階の教室と書いてあった。」

「ぼくの字だよ。気づかなかったの？　あの字で書かれたものを真《ま》にうけるヤツが、この学校にいるとは思わなかったな。」

少年のいいぐさは、史生が転入生だということをまるで忘れたものだった。

「きみの字なんて、知るわけないだろう？　名前も知らないのに。」

少年は腰かけていた机を飛びおり、史生が背にしている黒板のところまで歩いてきた。たったそれだけの動きが、しゃくにさわるほどさまになる。史生がけさも感心したとおり、間近で見る少年はむやみやたらに整った顔だちだ。うなじは白く、あごもほっそりしている。右手にチョークを持った。

「川村《かわむら》椋《りょう》。」

少年は口にだして、書いた文字を読んだ。くせもあくもない、すんなりした書体で、史生は少年の、いちいち角《かど》だてる気質《きしつ》にはあわないと感じた。地図に書かれていた横文字の印象ともちがう。

「これで、もうぼくの筆跡をおぼえただろう。つぎからはやすやすとだまされないですむさ。この字に要注意。」

椋は自分のいたずらをまるでひとごとのようにいう。あまりの白々しさに、史生はあきれてしまった。

「地図に書いてあった文字とちがう。」

「あれは、左手で書いたんだ。」

こんどは、左手にチョークを持った。

「きみの名前をいって。」

相手にあわせ、いっそのことうそでもつこうかと思った史生だが、それも面倒なのでまともにこたえた。

「加持《かじ》史生。」

漢字をたずねながら、椋は左手を動かした。右手の書体より断然きわだっている。史生は、椋の利《き》き手が本来は左なのだろうと理解した。親や教師によっては、右を強制するから、それでなのかときいたところ、

「ちがうんだ。ぼくが考えなしに思ったままを口にするのは、左利きのせいで左脳が未発達だからって、そういうヤツがいるんだよ。それで、手本をなぞっ

て右書きの練習をした。」

「話がわかりにくいな。思ったままを口にするっていうのは、正直だってこと？」

「そう、ばかのつくヤツ。」

そんな具合で、椋という少年はふざけた口ぶりは問題ながらも、自前の端麗な面《おも》だちをまるで意識のほかへおいているような、ひとなつこさだった。なれなれしいというべきかもしれない。

「これから、どこへ行こうか？」

椋は教卓の上にあった電流計を勝手に操作してきいた。針が大きくふれる。

「どこって、授業は？」

「視聴覚室だからね、途中で出はいりできないよ。チャイムとともにしめきりなんだ。理科教材の映画を見ているのさ。古ぼけた《人工オーロラ》っていうのをね。粒子を加速してオーロラのメカニズムを知るためのフィルムだってさ。

傷《いた》んで、雨がざあざあふってる。そんなもの見たって、目が悪くなるし、退屈で眠いだけだ。」

「理科は好きだよ。」

「フィルムなら府立図書館に行けばあるさ。あんな半世紀も前のじゃなくて、最新のがね。それより、時間はもっと有効に使おうじゃないか。まさか、授業をサボれないほど臆病なわけじゃないだろう。」

「そうだとしても、きみのきめることじゃないよ。」

臆病といわれ、史生はすこしばかり反発した。それに、二度までも、まんまとだまされたあととあって、警戒心も強い。椋は、黒板の横においてある増幅器をONにした。突如ラジオから音声が流れ、真空管がふるえた。男の人の声が聞こえてくる。むやみにアクセントをつけた発音で、数学の例題を解説し、公式にあてはめて解いてゆく。

「いまの副詞はどっちにかかるのかな？　サボるほう？　それとも臆病だって

ことかな。」

「両方だよ。」史生はめんどうになってそうこたえた。少年はなぜかいちいちからんでくる。そのくせ、どこか親しげでもあるのだ。

「泉蓮院《せんれんいん》へ行かないか？　散歩に。」

「どうして、ぼくにかまうんだ。転校生の品さだめ？」

史生は口にしてから、けんかごしのものいいを反省した。くってかかるのは、椋を意識しているからだ。史生の顔にあらわれた微妙《びみよう》な照れを、椋はすぐさま感じとって、笑みを浮かべた。

「さそうのに、理由がなきゃいけない？」

「そうじゃないけど、」

「平気、いいよったりしないさ。」

椋は、あっけらかんとそんなことをいう。史生はもうすましていられなくなり、笑って誤解を正した。

「そういう心配をしてるんじゃないよ。」

「なんだ、残念。」

椋はすでにかばんを肩にかけ、史生が動くのを待っていた。

「きみはそれでいいだろうけど、ぼくはきょう転校してきたばかりだよ。いきなりさぼるなんて、目だつことをやらかすつもりはなかった。」

「いまさら、おそいよ。きみは加持朋彦の弟ってだけで、端《はな》から注目されているんだからさ。」

「兄を知ってるの？」

「そりゃ、そうさ。加持はこの学校の教師じゃないか。」

史生は、しくじりに気づいた。兄は、ふだんは大学へ勤務している。この学校で講師としてうけもっているのは、高等部だけだとひとりぎめしていた。同居の件も転校さきも、なげやりに兄まかせにしたことを、今こそ悔やまなければならない。

「兄が、中等の授業もうけもってるとは初耳だ。」

「実験だけはね。」

これで史生もあきらめがついた。遅刻もサボりも兄につつぬけになるのは確実だ。ならば、行儀のよい生徒をとりつくろうこともない。

「かばんをとってくるよ。教室においてきたから。」

「西門のところで待ってる。高等部の校舎のさきさ。美男《びなん》かずらの樹《き》があるところ。おそ咲きでね、まだ白い花が咲いてる。」

史生は椋がさした方角をたしかめ、あやしむような顔つきになった。こんどもまただまされ、行ってみたら教師がまちぶせていた、という状況もありうる。そのうたがいをすかさず察した椋は、笑みをうかべた。

「慎重になったな。いい傾向だ。でも、今のはうそじゃない。」

椋は上着のポケットから、おりたたみ式のナイフをとりだした。銀と貝を市《いち》松《まつ》に象嵌《ぞうがん》した柄《え》の細工は、いかにも、の逸品である。

「あずけておくよ。もしうそだったら、これをかえしてくれなくてもいい。」

史生はうけとるのをためらったが、椋は強引に押しつけて歩きだした。彼らは前後して理科教室をあとにした。椋はひと足さきに玄関のほうへ歩きかけたのをすぐもどって、史生の耳もとへささやいた。

「きみ、きょうは破れかぶれみたいだから忠告しておくけど、教務か風紀にみつかったら、具合が悪いふりをするんだぜ。あの連中は、授業ではぼんやりなのに、こんなときばかり目ざといんだ。校医のすすめで治療に行きますってそぶりでとおりすぎればいい。都合よく西門をでたところに診療所があるからね。」

いわずもがなの知恵をさずかった史生は、かばんをとりに教室へいそいだ。いくらかでも、要領の悪い生徒に思われたのなら心外である。教師の目を盗むくらいはたやすい。それを心配されるとは、道にまよって醜態《しゅうたい》をみせたとはいえ、史生としては不覚だった。

しかし、西門で椋の姿をみつけてほっとしたのも事実だ。転校生をかまいすぎるこの生徒を、どこまで信用してよいものか、史生は判断しかねた。椋は西門のさびた鉄扉《てっぴ》のまえで、さりげないのに目だつ姿でスッとたたずんでいる。遠くからでも、目をひく少年だった。

椋がいっていたとおり門柱をおおうように美男かずらの樹があり、芯の紅《あか》い白花をつけている。診療所の路地へはいったところで、椋はかばんからタバコをとりだして火をつけた。人目をさけるくらいの分別《ふんべつ》はあるのだな、などと史生は妙なことに感心した。彼はあずかっていた象嵌のナイフをさしだした。

「凝《こ》った細工だね。」

「骨董《こっとう》さ。以前は、どんな人物の持ちものだったたか、あててごらん、」

「さあ、」

「大名だか、藩主だかの若様の小道具だよ。爪の甘皮《あまかわ》をむくんだって。ごたいそうに。」

「きみ、つかってるの?」

史生は、椋の爪に目をとめた。まったく甘皮などのこっていない。てっきり手いれしているのだと思った。

「まさか。こいつは自然にむけるんだよ。親不孝ものの証しだってさ。だけど、ぼくにはもう両親がいないんだから、理不尽《りふじん》じゃないか。」

「……きみも?」

史生は、偶然がこれほどうれしかったことはない。

「おまけに、ひとりっ子。きみには、兄さんがいるんだから、まだ恵まれてるよ。」

「兄がいればいいと思うのは、幻想だよ。」

史生は、すかさず指摘した。

「でも、加持なら、兄貴にほしい。横どりしたいくらいだ。」

「かいかぶってる。あの兄がどんなに口うるさくて、融通《ゆうずう》がきかないか知らないからそんなことをいうんだ。ぼくとしては、もしできるのなら、熨斗《のし》をつけてくれてやりたいよ。」

「くれるの？　ほんとに、ねえ、ぼくはすごくほしいんだよ。……でも、くれなくていい。もらってほしい。ぼくをもらってくれないかな。」

などと途中までは真顔でいい、史生のいぶかしげな表情をたしかめて笑いだした。

「……てのは、むろん冗談だよ。それに、深い意味でいったんじゃない。」

「あたりまえだ。」

とはいうものの、そらとぼけている相手の容姿が容姿だけに、史生はうろたえざるをえない。兄がどんな教師なのかも想像がつかず、椋の真意は不明だ。彼は、象嵌のナイフを、もとどおり上着のポケットへしまった。ちゃんとおさまったかどうかもたしかめない、いいかげんな手つきである。

「そんなところへ無造作にしまったら、落としやしないの？」

「いいさ、それだって。どうせ、いつかは失くなるんだから。こういうものは一時《いっとき》惜しくたって、じきに忘れる。生身《なまみ》のからだが消えるのとはちがうさ。ぼくらはもう、それを経験しているんだよ。」

椋はさりげない顔をして、史生のすきを突いてくる。そのくせ、いやみでもない。ふぬけた心の芯に、こつん、とあたる感触が心地よい。椋は、タバコをほとんど吸わずにただくゆらせている。そのうち腕をあげてのびをした。

「こんな上々天気でさ、地下の教室なんかにいたくないよね。十河《とおが》まで足をのばせば、山頂から西《さい》ノ湖《こ》だって見渡せるくらいだっていうのにだよ。くらがりですごすなんて、時間の浪費さ。これはだけど、しごくまともな考えかただろう?」

はじめの印象はけしてよくなかったが、さきほどからのやりとりで椋にたいする史生の態度は変わりつつあった。急速に親しみをおぼえている。転校早々に、こういう少年と出会うのはさいさきがよい。

泉蓮院までの小径《こみち》は、このかいわい特有のベンガラ格子《ごうし》の家並《やなみ》のあいだを、わざと人をまよわせるような複雑さでつづいてゆく。

「けさのことだけど、どうしてぼくのあとをつける気になったんだか、きかせてほしいな。どうせなら、密《たかし》みたいに、時間どおり律義に登校するヤツを選ぶべきなのさ。そうすれば、遅刻をせずに学校へついたんだ。」

椋が、朝のことをむしかえした。

「やぶからぼうに固有名詞をいわれてもわからないよ。密って、だれのこと?」

「そのうちイヤでもおぼえるさ。密は自分のことを知らない生徒がおなじ学校にいるなんて、がまんがならないというたちだからね。」

それを聞いただけで、あまり親しめそうもない気がして、史生は顔をしかめた。

「誤解されると困るんだけど、イヤでもといったのは、ぼくが密をイヤだと思うってことじゃないよ。」

「好きなの？」

史生は、ろくでもないききかたをしたことに、自分で腹がたった。気持ちの領域へずかずかと踏みこむような、そんなことばをうかつに口にしてはいけないのだ。それぐらい心得ているはずの史生だったが、椋のことばのはしばしに、密という少年との親しさがうかがわれ、つい口にでてしまったのだ。

「短絡的。」

史生の心のうちを見すかすようにいいはなち、それでいて椋はおもしろがっている。

「念を押すからだよ。」

史生は、白旗をあげたい気分だった。自然に顔がほてり、うつむいてしまう。

「……て、ことは、ぼくに興味を持ったってわけだ。」

吸いさしのタバコを、とおりかかった橋の欄干《らんかん》へおいて、椋は歩くのを小休止した。史生は、降参して顔をあげた。

「きみは、よっぽど悪党だな。」

「そういうこと。」

椋はたのしそうにうなずいて、なぜ自分のあとをつけたのかと、はじめの質問をくりかえした。史生も、話がもとへもどって安堵《あんど》した。

「家をでてまもなく、道にまよったからだよ。どれもこれもおなじ路地に見えて、方角がわからない。そこへちょうどきみのうしろ姿が目についたから、こいつは助かったと思ったのさ。」

「ぼくはきみが家の門をでるところを見てた。」

「へえ?」

「あすこが、加持の新しい住まいだって知ってたからさ。……悪いね、きみのことを呼びすてにするつもりじゃないけど。くせがついてる。」

「かまやしないよ」

それよりも史生は、朋彦と口争いをしていたところも見られたのではないかとうたがい、なんのいさかいだったかを思いだそうとした。兄弟の口論は、同居の件が持ちあがって以来あまりにも日常的で、けさのこともぼんやりとしか思いうかばない。どうせささいなことだ。いつも、つまらないきっかけでけんかになる。

「なんて呼べばいい？　前の学校では、史生って呼ばれてたのか？」

「そうだよ。」

「それじゃ、ぼくもそう呼ぼう。……史生、史生、加持もそう呼ぶね？」

会いしなから屈託のない少年だった椋は、半日もしないでためらいなく呼称を口にした。

「……うん、」

いっぽうの史生はとまどっていた。なにも語らないうちから、椋は兄弟のことをよく知っている。直感だけとも思えず、だれか加持家のことに通じている者がいるようなのだ。

「椋だよ。ぼくのことはそれでいい。」

などといわれても、史生にはためらいがある。それだけ、椋を意識してもいた。だから困惑する。史生の不安をよそに、椋はさらなる質問をあびせた。

「加持ってさ、きみと十七も歳がちがうよね。うたがわしいな。ほんとうに兄貴なの？」

「面とむかってきくことか？　それ。」

史生は、椋の率直さにあきれて反問した。だが、不快感はなく、たった今の椋の問いを、そのまま兄にぶつけたいくらいだった。だが、史生は、兄に対して問うべきことを問えない。そのくせ不満だらけなのだから、椋のように真《ま》っ向《こう》からたずねるいさぎよさは、貴《たっと》いと思った。

少年たちはじきに、なだらかな坂へさしかかった。泉蓮院の奥まった門が見えてくる。樹齢がゆうに数百年はありそうなクスノキが、庭のぐるりを威風《いふう》堂々とかこんでいた。

青黒い石をつらねた庭は、小径によって迴遊《かいゆう》できた。わき水が御影石《みかげ》のつくばいからあふれて、草地へ沁《し》みながら池へそそいでいる。池のくびれに涼亭《ちん》をもうけて橋をかけ、そこを渡ったさきの奥には湿地があった。矢筈《やはず》のかたちの斑《ふ》がはいった水草がしげっている。

もともとは公家筋の僧正の別邸だが、維新後は来賓館《らいひんかん》として長くつかわれたという。庭に面した居間はじゅうたんを敷いた西洋風で、そのとなりに唐紙の座敷がならぶといった、近代式の屋敷だ。

少年たちが迴遊式の小径を歩いているあいだに、いつのまにか白い犬があとをついてきた。もうずいぶんな老犬で、おっとりとしたまなざしに、気質のおだやかさがうかがえた。足どりはかなりもどかしく、勢いよく走ることはできそうにない。

「すずしろ、」

椋に声をかけられ、白い犬はうれしそうに尾をふった。うるんだまなざしでまっすぐに椋をみつめ、鼻をならした。まつげがしらがになっている。だが、毛なみはよく手いれされて飼いぬしのこまやかな情が思われ、つやこそ失われているものの、かつての勇姿をうかがうことができた。椋の鼻や首を、しきりになめた。

「ここで飼われているんだよ。じきに十四歳だから、ぼくたちとおなじ。でもはるかに思慮深いんだ。そんなかおをしてるだろう？」

「よくなついてるね。」

「たがいに気ごころがしれてるのさ。」

椋は地面にひざをついて、犬をぎゅっと抱いた。犬にたいするあいさつにしてはおおげさだと史生が思っていたところ、椋は犬に抱擁したままの姿勢で顔だけを史生のほうへむけた。

「こんど来るときは、すずしろがいないかもしれないって、ここへくるたびに思うよ。だからね、悔いのないようにいつでもわかれのあいさつをしておくのさ。ぬくもりがのこるようにね。それに、ぼくは人一倍丈夫だから、こうして、少し気をわけてやるんだ。……どうしておまえばかり老いてしまうんだろう。生まれた年はおなじじゃないか。ぼくの家をおぼえてるだろう、庭に、のぼり藤を植えてあったよ。」

しまいのほうは、すずしろに語りかけて、椋はまたその犬の背をなでてやっている。史生も、かたわらから手をのばした。見しらぬ史生にふれられて、すずしろはすこしだけたじろいだ。だが、すぐにおちついた。

「まだ元気そうだ。」

「こういう生きものは、最後の最後まで弱みを見せないものだよ。だからね、ついうっかりしがちだ。すると、あるときひっそり逝《い》ってしまう。ぼくがいくら、そばにいてやりたいと思っていても、それをさせてくれない。わかれのときにかぎって、ぼくはなにも知らずに遊びほうけていたり、のんきに眠っていたりするんだ。」

老いた犬への思いだけではないような、口ぶりだった。史生は、それを察したけれども、立ちいってきくことはしない。十四年という月日が、犬にとって生涯にひとしい数量であるように、きょう出会ったばかりの椋と史生は、これまでたがいを知らず、べつべつのときをすごしてきた。その年月を、たった半日でうめあわせるなど、どだい無茶な話だ。知らないことは、知らなくていい。昔話をしなくたって、友だちになれる。といって確信のない史生は、椋にあれこれきいてみたいという欲望をすてたわけではなかった。ただ、口にするいさぎよさがない。

すずしろとの抱擁をすませた椋は、史生をあらたな道草へさそった。

「みつ豆《まめ》でも食べに行こうか。この近くに、なかなかうまい店があるんだ。」

椋は、史生の返事を待たずに歩きだしている。

「黒みつならうれしいけど、」

「もちろんさ。白みつを好むのは密だけだよ。彼はひねくれ者だから。」

椋は史生をうながして泉蓮院の門をでた。史生は、またもや名前のあがった密という少年のことを意識した。前を歩く椋は、てんでそんなことを気にかけていないふうだった。

第二章

　家へもどった史生は、茶の間の座卓にひじをついて、翌日にそなえて地図をながめた。学校までの道順をなんとかそらでおぼえこむつもりだった。しかし、あまりにいく筋もの道があるのと、平坦な道と坂の区別がつかないのとで、近道をきめかねた。傾斜や階段もおおく、小路も複雑だ。見れば見るほどどちらの、あかない地形に手をやいた史生は、ついに地図にたよるのをやめた。投げだしたかばんを枕にして、だらしなくうたた寝しているところへ、兄の朋彦が帰宅した。

「どうだったんだ？」

前おきもなく唐突にものをたずねるのは、この兄のくせである。史生はわざと質問の意味がわからないふりをした。

「なにが？」

「きまってるだろう。学校だよ。」

「ふつうさ。学校なんてどこもおなじ。教師と生徒の顔ぶれが変わるだけだ。」

そういう返答を兄がよろこばないことくらい、史生は百も承知だった。朋彦はコートをぬいで、いつもならばまっすぐに部屋へ着がえにゆくところを、そのまま史生のむかいがわへ腰をおろした。シャツのおり目は、一日着て歩いたとは思えないほど、きちんとしている。

「授業は、ついてゆけそうなんだろうな。」

「そこそこはね。」

朋彦は、あやしむような目つきをして、史生をのぞきこんだ。彼は、鼻梁《びりょう》の高い端正《たんせい》な顔だちで、三十路《みそじ》をすぎてもまだかなりの若々しさを持ちこたえていた。兄が学生だったころ、史生はまだ五歳にも満たない幼さだった。どんな学生だったのかを知るよしもないが、出来のよかったことは、親せきすじの語りぐさであり、現在の人となりを見ても、それはまちがいない。それだけ史生にはけむたい存在なのだ。

ある時期まで、史生は兄の顔をよくおぼえていなかった。たまにしか家にいないせいで、なじみがない。身長の差があって、目線もあわない。幼いころ、兄とでかけていて迷子になり、雑踏を右往左往した。すれちがう若い男が、ただ上背《うわぜい》があるというだけで、どれもこれも兄に思える。まちがってはいけないと慎重になりすぎて、何人もの顔を吟味しているうち、カンジンの兄がどんな顔の人であるのか、わからなくなった。

不安になって泣いているところを、急に高く抱きあげられた。史生の目は涙でかすんでいて、目のまえにある兄の顔は見知らぬ人のように思えた。それで、よけいに泣きじゃくった。家にもどった兄は、やっかいな弟にはこりごりしたということを叔母にいい、史生は、兄に申しわけないという気持ちと、休日がだいなしになったのとで、切ない思いをした。

兄を困らせるつもりなどなかったことや、迷子になる前まではたのしくすごしていたことなどを伝えようとしたが、史生は幼すぎて、うまくことばにできなかった。そのときのもどかしさは、今でも尾を引いている。史生は、兄にたいし、見当はずれなことばかり口にした。それで、ますます朋彦を怒らせることになった。

「松岡という教師がいるんだ。きょう、理科の授業があっただろう？　あれはね、大学の同期だ。」

むろん、史生は素知らぬふりをする。きたな、と覚悟をきめただけだ。朋彦の表情は、静かすぎるくらい変化がない。嵐の前ぶれにちがいなかった。

「今夜、彼と会った。次の授業の打ちあわせがあってね。」

あくまでも遠まわしだ。それが兄の段どりだとわかっていても、史生はしくじる。

「兄さん、要点をいってくれないかな。ぼくはそろそろ、あしたのしたくにとりかかりたいんだ。」

史生は、素直にわびをいえばよい場合にも、兄にむかってはそれができない。きょうの件は、出端《でばな》をくじかれた転校初日の、やむないできごとであった。まずはそのいきさつを話してみるべきなのに、口をついてでたのは、わざわざ兄を怒らせるようなことばだった。

「そうだね、史生にもわかるように話そうか。手みじかに、要約して。」

朋彦が皮肉でいい返してくるときは、弁解があるなら今のうちにいっておけ、という合図にひとしい。史生はひさしぶりに平手うちをくいそうだと覚悟をきめた。そういう勘だけは当たる。

「だれといっしょだった？」

「……ひとりさ、」

史生はかろうじて、間をあけずにこたえた。つれがあったなどといえば、そのつれまでが兄に悪く思われる。それはさけたかった。

「ばかだね。目撃されてるよ。二軒さきに狆《ちん》を飼っているご婦人がいるだろう、この家の大家さ。彼女が泉蓮院の前でおまえたちを見かけたといってた。今さっき、歩いていたら呼びとめられてね、親切に教えてくれた。」

「ふうん、バレたんじゃ、しょうがないや。」

史生はそこで、いきなりほほをぶたれた。彼の態度は、最前から朋彦を挑発しつづけていたので、手かげんはなかった。しかし、いさかいはそれ以上拡大することはなく、朋彦はにわかに無関心な顔をして居間をでて行った。着がえを持って洗面所へ歩いてゆく。史生は座卓にひろげたままの地図をつかみ、階段をかけのぼって二階の小部屋へひきこもった。

一階は、玄関と二畳分のつぎの間、茶の間と台所に、水まわりがあるだけだ。

二階に、ごくせまい二間がある。ひろいほうを蔵書のおおい朋彦がつかい、寝床をとればそれでおしまいのせまい一間を史生がつかう。おもてはこぢんまりした庭が路地に面し、裏は堀だった。玄関わきに蘇枋《すおう》と柳と木槿《むくげ》が植わっていた。今は木槿の白い花の盛りだ。近くの植木苑から職人がきて、ときどき手いれをした。

床について、史生はうつぶせになった。腕でからだをささえ、しばらく本を読む。読むといっても字面《じづら》を追うばかりで、いっこうにたのしめない。兄への反抗は、自分でも度がすぎると悔やむことがある。きょうなども、道に迷ったすえの遅刻の顚末《てんまつ》や、授業をぬけた理由を素直にわびたうえで話したなら、兄も説教だけですませてくれたのではないかと思う。そのいっぽうで、兄と自分のあいだには、どうにも説明のつかない因縁《いんねん》があるように思うのだ。そもそも、十七も歳がはなれているのはあまりにも不自然である。

先ほど、椋がつけつけときいてきたのとおなじことを、史生も長いこと気にかけていた。親せきのどこかをつつけば、父子ほども歳のはなれた兄弟が、実はほんとうに父子だったという、三文芝居のような結末が、飛びだしてくるかもしれない。史生は、兄に疑問をぶつけてみようとして、何度も打ちけした。それこそ、とりかえしのつかないことになる、とこれはさしもの史生も分別をはたらかせて胸にしまっておく。だからこそ、口にできないもどかしさで、よけいに兄への不満がつのった。

階段をのぼってくる足音がきこえ、史生はあわてて枕もとの灯《ひ》をけして目をとじた。まもなく唐紙《からかみ》がカタッと音をたてた。まぶたにスッと廊下の灯《ひ》がさし、また闇になる。朋彦は静かにはいってきて、史生の枕もとへすわった。

「わざとらしく寝たふりをするなよ。」

声の調子には、さきほどのような鋭さはない。しかし、史生は頑固に眠ったふりをつづけた。

「みつ豆だけで腹がすかないのか。夕食はまだだったんだろう？　起きてこいよ。夜食でもこしらえよう。」

からだは正直なもので、朋彦の問いに呼応するかのように、音をたてた。史生はそれまで空腹を感じるいとまもなかったのだが、にわかに夕食をとっていないことを思いだした。朋彦は笑い声をたてて部屋をでてゆく。さきに階下《した》へおりた兄につづき、史生は綿いれをはおってあとを追った。

橙《だいだい》いろの光をはなつ電灯がまぶしい。だまって兄を手つだい、食卓の用意をした。朋彦もだまっていたが、声をださずにすませるちょっとしたしぐさに、さきほどとはちがう気づかいがあった。史生が青菜《あおな》を洗うかたわらへ、水切りをさしだす。肩へ手をそえて動くなと小声でいい、史生の頭ごしに戸だなの鍋をとる。そうしたあいまに、史生は兄がもう腹をたてていないことをさとった。

朋彦は、下宿暮らしが長く、炊事《すいじ》は手なれている。史生も、てまのかからないいくつかの献立《こんだて》を、叔母にしこまれていた。朋彦のいうままに野菜をきざみ、鶏肉《とり》に下味をつけておくくらいはできる。こしらえるのは兄にまかせ、史生は湯をわかして、番茶の用意をした。食事中はつゆものか番茶で、片づけをすませたのちに、あらためて煎茶《せんちゃ》をいれるというのが、叔父夫婦の家での習いだった。兄弟も、それになじんでいる。

「兄さん、」

「なんだ?」

朋彦は、史生に背中をむけている。おだやかな調子の声が返ってきて、史生を安心させた。兄の返事しだいでは、「ううん、べつに」とかわすつもりでいた。いつもなら、たぶんそう答えて話がとぎれていたろうに、今夜の史生は、いくらか椋の率直さに感染していた。

「……ぼくはずっと疑問に思っていることがあるんだよ。その答えを知りたいんだ。でなきゃ、兄さんがぼくにだけ手きびしい理由がわからない。叔父さんも叔母さんも、朋ちゃんは、優しくて気のつく子だよ、というのが口ぐせだし、近所の人は、大きくてやさしいお兄さんがいていいわねえ、とあいさつがわりにいう。だとしたら、とんだ内弁慶じゃないか。ぼくには、ちっともやさしくない。やかましく、こごとばかりいうんだ。」

「今夜は、よくしゃべるね。」

「そうだよ。ついでに、ききたいことがあるけど、今はよすよ。一晩に二度もぶたれたくないからね。ひどいよ、ちっともかげんしてくれないんだからさ。」

朋彦は、いつしか手を休めて聞いていて、笑みをうかべた。

「いたかったか？」

史生のほほに軽く手のひらをあてた。兄のぬくもりの意外なここちよさに、史生は内心うろたえた。

「……きまってるじゃないか。思いきりたたいたくせに。きょうのは、いつもより力がはいってたよ。」

「史生は強情だものな。だれに似たんだろう。それに、ぶたれたって泣きもしない。いつだって、平気な顔をしてる。」

「……見当ちがいだよ。ちっとも平気じゃない。ぼくは、いつも、うまく運ばないことばかりで、くたくただ。」

「そりゃ、悪かった。」

まともにあやまられて、史生はそれ以上文句がいえなくなった。朋彦は、肉いり玉子の揚げものをこしらえた。史生の好物だ。兄がそれを知っているとは、思いもよらなかった。礼をいおうとして、面《おも》はゆくていえない。オムレツと似ているが、それを軽く揚げる。玉子の表面がパリパリになり、大根をすりおろしたつゆの辛みとよくあう。ふたりは座卓におかずをならべ、おそい食事をはじめた。茶の間の時計が十一時をしらせ、天井のすみから落ちてくる余韻でガラス戸がふるえた。

食事のあいだ、朋彦は何度か決心のつかない顔をして史生をながめた。史生は、あえて気のつかないふりをつづけ、しきりに箸を動かしていた。即断と正確さが身上の兄も、逡巡《しゅんじゅん》することがある。史生は、そんなあたりまえのことを、今さらに思って兄をながめた。

翌日、史生は地図を片手に、気持ちをあらたにして家をでた。きょうはしきりなおしの登校日だ。戸じまりをすませた朋彦も、すぐあとへつづいた。ふたりが相ついで垣根の木戸をくぐったところで、椋とであった。

「また道に迷うにちがいないと思って、むかえにきたのさ。」

そういったあとで、椋は朋彦のほうをむいて軽く会釈した。ことばをかわすでもなく、敬意をしめすのでもない。ほしいからくれだの、もらえだのといっていたきのうのようすとあまりにちがうので、史生はあやしんで、ふたりを見まもった。朋彦は、史生に軽く手で合図をしてさきに歩きだした。弟とは逆に堀の上《かみ》の手へむかい、大通りで市電にのる。朋彦の姿はまもなく角をまがって見えなくなった。

「加持も罪つくりだね。いとこを泣かせるんだよ。」

椋は朋彦のむかった方角をふりかえりながら、思いがけないことを口にした。

「きみの、いとこを？」

「瑞江《みずえ》っていうのさ。二十四になる。ふたりのつきあいは、もうだいぶ長いんだ。この町はせまいから、うわさもたってるしね。」

「知らなかった。兄は、そういう話をしないから。」

「そりゃ、そうだろう。身内には、やたらにうちあけないよ。」

「弟でも？」

「……それだからさ、」

椋は、急にあらたまった顔になった。史生は、兄の口から女性の名前を聞いたことすらない。そもそも、弟の顔を見ればこごとしかいわない兄が、縁談や結婚のことなど、なおさらうちあけるわけもなく、史生は突として、兄には兄の暮らしがあるという点に思いあたった。

朋彦と瑞江の交際を、くだけて口にする椋は、兄のほうに問題があって、縁談がまとまらないとほのめかす。そんなときも、口ぶりはいたっておおらかで、史生もつられて気やすくなった。かたくなになるのは兄にたいしてだけとはいえ、出会ってまもない椋を相手に、史生はまったく気がねを感じない。それだけ、椋の人がらにひかれているということだった。しかし、まだ「椋」とは呼べないでいる。

「ぼくが障害なのかな。だって、この時期にわざわざ同居を選んだのは兄なんだよ。ぼくは、これまでどおり叔父の家にいればよかったんだから。」

「加持は、はっきりいわないからな。」

史生は、兄のあとを追って大通りへの道へむかおうとした。

「どこへ行くのさ。学校はあっち。」

「追いかけて、兄に話をしてくる。」

「よせよ。道ばたで問いただすようなことじゃない。加持に恥をかかすだけだ。

耳ざといヤツがいたらどうする。このあたりはせまい町だから、つつぬけさ。とくにきみのとこの大家。あの婆さんは、口さがないから、気をつけたほうがいい。」

椋にひきとめられて、史生もなっとくした。しかし、足どりははかどらない。横あいから、椋がせかした。

「行こう、行こう。雨がふりそうだから、きょうは一限目の授業をうけよう。教室で雨やどりだ。」

彼のいうとおり、空はどんより曇っている。雨やどり、といういいぐさが、史生を笑わせた。

「だいたい、きみは学校をなんと思っているんだか。」

「なんだっていいさ。とりあえず屋根があれば。」

この気楽さが、悧巧《りこう》な頭にささえられていることはあきらかで、史生は、ごまかされまいとして、椋の横顔を見すえた。長いまつげにふちどられた目もとを、史生は感心してつくづくながめ、うっかり相手が生身《なまみ》の人間であることを忘れた。

椋は、めずらしく弱ったようにまばたきをする。まったく無頓着なようで、すこしは自分の顔かたちを意識しているのだな、と史生はほほえましくながめた。だが、本人にとってそれはのぞましいことではないのだ。

「そうだ、密《たかし》を紹介してやる。」

椋は、はぐらかすようにいった。

「遠慮しとくよ。話に聞いたところじゃ、その密っていうの、ぼくにはなんだか親しめそうもない。」

「だとしたら、ぼくの説明がまずかったのさ。気にするなよ。すぐなじむから。」

泥炭のように、どろどろと重たげな雲が、少年たちの頭上をおおっていた。たたずまいの似た家が連なる路地を、彼らは足ばやにとおりぬけた。史生は、道をおぼえようと努めはしたが、路地はそれをこばむかのように、目印をあたえてくれない。のきがわらも連子窓《れんじまど》も、板べいも、同じつくりの家がつづいた。道なのか、庭なのかはっきりしない空き地もある。それでも、十五分ほど歩いて、すんなり学校へついた。

「いったい、なにを目印にしたらいいんだろう。あしたになったら、また迷いそうだ。」

「紅《べに》寺の鐘楼をいつも右手前方に見て歩くのさ。からだを軸にして一時半の方角へくるようにね。」

「鐘楼って？」

「きのう、階段の上に唐風の塔があったろう。あれさ。鐘は戦時中に供出して、もう何十年もないままだけど。」

椋の指さした方角に、塔はちゃんとそびえていた。雲間に、きらびきの壁がてかてかと映えていた。朱ぬりの柱も目だっている。史生はその鐘楼の位置と現在地を交互にながめ、距離をはかろうとした。そのすきに椋は、校門をかけぬけ、たちまち史生をひきはなした。不慣れな史生は、校舎へはいってからも階段や廊下をいちいちたしかめ、教室番号の表示などにも目をとおして、ゆっくり時間をかけて教室へたどりついた。

始業まではまだ十五分ほど時間があり、生徒はまばらだ。まぎわになるまでそろわないのはいずこも同じである。前の学校とちがうのは、この教室には教卓に腰かけて出席を取る生徒がいるということだった。彼は黒い表紙の出席簿らしきものを手にしている。

「二十九番、きょうは授業にでるのか？」

少年は、耳のかたちがよく、賢そうなひたいの持ちぬしだった。彼が口にした番号は、視線から判断して史生をさすらしい。

「ぼくのこと？」

番号で呼ばれる筋あいなどなかったので、史生はことばに不服をあらわした。

「ほかにだれもいないだろう？　このクラスは、これまで二十八番までしかなかったんだからさ。綿貫《わたぬき》靖《やすし》というのが最後で、きみがそのつぎ。」

少年は出席簿をしめした。史生はきのう椋が書いてみせたように、黒板にむかって名前を書いた。少年はその文字を一瞥《いちべつ》し、出席簿と照らしあわせている。

「ふうん、まちがいないな。」

書いてあるなら、ちゃんと名前を呼べ、と史生は出かかったことばをのみこんで、にらみつけた。それを口にしなかったのは、相手のほうがさきにしゃべりだしたからである。

「それじゃ、加持君、さっそくだけどきみに、はえある白羽《しらは》の矢を進呈しよう。鷺《さぎ》の風切りで作ったんだから、上等だろう？　こころよくうけて、きょう一日ちゃんと胸にさしておくように。」

少年は上着の胸ポケットから手帖をとりだした。黒い革の表紙をひらいたところに、数枚の白い鳥の羽が台紙に整然とならんでいた。とがったピンがついている。少年はその一枚をぬき、史生の上着のえりにさそうとする。

「密、」

それまで、だまっていた椋が、口をはさんだ。史生は、目前の気にくわない少年が密だと知って、思ったとおりの歓迎できない手あいだと認めた。

「彼が、いきなり白羽の矢をくらう理由はなんだ？」

椋の口調に異議をとなえる調子がこめられているので、史生は白羽の矢、というのが、何かややこしいものなのだろうと察した。

「きのうは、生徒会費の集金日だったのさ。彼は支はらっていない。たとえ転校生でも、期日やぶりの罰ゲームに例外はなしだ。」

「きのうなら、密は欠席しただろう？　なのに、どうしてわかる？」

椋の、そのひとことで、史生は、きのうあいていたとなりの席に、この横柄な少年がすわるのだと思いついた。

「欠席じゃない。欠課だ。きみたちといれちがいで登校したからね。」

「いっておくけど、ぼくもはらってないよ。」

椋は得意そうにいった。

「いいんだ。椋のは、友だちのよしみでぼくが立てかえておいた。」

「だったら、ついでに彼の分も立てかえてくれたらよかったじゃないか。」

「あいにく、持ちあわせが足りなかったのさ。」

密は、白い羽を強引に史生のえりに刺し、かたわらの椋にむきなおった。

「やけに、転入生の肩を持つんだな?」

「まっとうな意見をいっただけだよ。」

「お気にめしたってことか、」

「そう、突っかかることたないだろう。」

椋はしばらく不平顔をしていたが、そのうちに、まあ、いいかという表情で史生の肩をたたいた。

「転校そうそう面くらうかもしれないけど、白羽の矢は、はやめに経験しておいたほうがいいかもな。なれる意味でも。」

「なんだい。その白羽の矢って、」

「白い羽を一日じゅうつけている、おめでたい生徒のこと。」

椋の口ぶりは、史生に不安をあたえた。釈然としなかったので、その白い羽をぬきとろうとしたところ、密が手で制した。

「いさぎよくうけるのが、きまり。軽い罰ゲームだと思えよ。」

「罰ゲーム？」

「なにが起こるかは、これからのおたのしみってとこだ。」


そうしているうちに、予鈴がなった。ぎりぎりに登校してくる生徒たちが、教室へ飛びこむ時間だ。彼らは好奇心に満ちたまなざしで史生をながめ、それから白い羽に目をとめた。なぜか一様に、安堵とうれしさがないまぜになった表情をする。史生は首をひねりながら、きのうあてがわれた席へ腰かけた。やはり密のとなりである。椋の席は史生から三列ほど窓側へよったところだ。いつのまにか雨がふりだし、窓ガラスに水滴が光った。

密が椋のそばへよって、小声でなにか話している。史生には聞きとれないが、ちょっとしたもめごとらしい。椋は、すねた表情でなにごとかいい、密から顔をそらした。密は、なだめるような表情をうかべ、椋の肩へ軽く手をさしのべてその場を去った。たったそれだけのことである。なのに彼らの親しさは、今しがたの、ちょっとしたいさかいくらいではゆるがないことを、史生は感じとった。一問も解けないうちに時間切れになる、そんな試験の夢のようにもどかしさがつのり、いつまでも気分が落ちつかない。

まもなく、角《かく》ばった顔の担任によって、史生はあらためてクラスに紹介された。国語担当の教諭が、たいてい柔道か剣道をしていそうな、たくましい骨格をしているのは、どうしたわけだろう、などと史生は担任をながめている。教師は、史生をちらりと見て、えりに刺してある白い羽に気づいた。生徒たちとはちがって、いくぶん同情したらしい表情を浮かべた。

「木更衣《きさらい》、前へ来い。」

呼ばれて席を立ったのは密だ。教師は小声で、なにごとかを少年に耳うちした。しかし、教室はことのほか静まっていたため、内緒話とはならなかった。

「転入生が白い羽を刺しているのは、ちゃんと理由があってのことだろうね？」

「生徒会費の滞納です。」

「転校してきたばかりじゃないか。すこしは大目にみたらどうだ。」

「でも、先生が事前に連絡票を届けていらしたと聞いています。」

「たしかに、」

「彼は転校の初日に遅刻したばかりか、授業をふけるような大胆さを持っている生徒ですので、心配はいらないのではないですか？」

教師は密の意見にうなずき、朝礼はそれですんだ。あいかわらず、史生にはなにが起こっているのかわからない。担任が、授業の退屈さに似あわずクラスのことには目が届くらしいのと、密が鼻持ちならない生徒だということだけは、ハッキリした。

担任といれちがいで、小柄な教師があらわれて一限目の英語の授業にはいった。教師は黒板の半分から下にしか文字を書けないほどの、非常に背のひくい白髪まじりの人だった。顔は耳の大きい卵がたで、鼻はやけにりっぱだ。横から見ると、鼻筋のなかほどに角度がついている。ふつうのおとなの一・五倍ほど高そうだ。

その英語の教師が、たびたび史生のほうへ視線をむける。生徒も教師も、とかく転校生には関心が強い。史生は、きのうのままになんの準備もなかったので、指名はなるたけまぬがれたいとのぞんだ。うつむいて視線をそらし、教科書を読むふりをした。だが、教師のまなざしは、あきらかに史生を意識の範囲においている。

「加持君、」

予期していたことながら、史生は困惑した。まだ、質問は行われていない。この教師は、指名者をきめてから質問をあたえるたちらしい。教師はまず、黒板のひくいところへ前置詞をあえてぬかした例文を書いた。それでも、精一杯腕をのばし、手の届くいちばん高いところへ、彼は書いたのだ。教室のうしろのほうにいる生徒たちが、いっせいに腰を浮かして、黒板の文字を読みとるのに苦労している。文字は、読みやすくていねいだ。たて軸の角度は、平行定規をあてたようにすべておなじ角度でそろっている。几帳面な文字はそのまま、教員歴の長さと誇りをあらわしている。教師はつづいて訳文を書いた。

「では、ここへ適当な前置詞をいれて読んでください。」

史生は途惑った。この教師は文字からうける印象ほど、ていねいに授業をすすめる気はないらしい。史生が思うのに、訳文にあわせて英文の前置詞を考えるほど乱暴なことはない。構造のちがう言語をおなじ文法で区切るのは、どだい無理な話だ。ことなった言語の、こういう対比の仕方は、史生の気にいらない。野菜をきざむのに、鉈《なた》を持ちだすほどの大ざっぱな感じがするのである。

「わかりませんか？」

教師の声の調子には、不出来な生徒にたいする同情がふくまれていて、史生はなおさら気力をなくした。わからないむねをつたえ、放免されて席へついた。教師は自分で前置詞を書きいれ、なぜそこに、その前置詞がはいるのかを説いている。どうしてほかの前置詞ではいけないのかは説かない。類似例の提示もない。約束ごとだという。皆がおざなりに鉛筆を走らせる音がした。

そうしてみると、英語の合理性はどうあれ、日本語に翻訳する以上は、文脈が必要である、と説いた前の学校の教師はまともだったのだと、史生はおくればせながら評価した。

つづく解説も似たような失望の連続だった。教師は十年前とおなじことをしゃべっているのではないかという気がした。史生は、期待するのをやめ、ただぼんやりと時をすごした。

だがどうしたわけか、どの教師も敵《かたき》のように史生を指名する。というより、史生以外の生徒はさされない。四度目に名ざしされて「わかりません」と答えたとき、史生はようやくなにかおかしなことが起こっているのだと思いついた。史生の疑問に答えるかのように、三列はなれて腰かけている椋が、横をむいて自分のえりを指さした。そして、身ぶりによって、なにかをしめそうとする。

「……羽？」

史生は声をださずにくちびるを動かした。椋が大きくうなずいた。

くわしいことは、休憩時間になって判明した。白い羽をつけた生徒がいる場合、教師の指名はその生徒ひとりに集中するきまりになっているというのだ。羽の所有者が数人いる場合は分散するが、ひとりならば、その生徒だけが指名の対象になる。

「なんでまた、」

椋から理由を教えられ、史生は抗議の声をあげた。

「生徒と教師の暗黙の了解でね、そういうことになっているんだ。そうじ当番のさぼりや会費滞納など、ちょっとした規律違反の罰として日常的に行われているのさ。気がきいてるし、罰としての効果も高いだろう？　ほかの生徒も指名される心配をしなくてすむから、内職に没頭できるしね。ほら、」

椋は、今の時間中に解いたという込みいったクロスワードを見せ、答えをハガキに書きいれた。投函するのだという。

「商船会社の、新造船の絵はがきがもらえるんだ。ふつう、進水式の招待客だけに配るものだよ。専属の画家が描いているんだ。船のように大きなものほど、こまかいディテールがものをいう。」

こんなふうに、椋の好みがあきらかになるのを、史生は歓迎した。しかし、白羽の矢のほうは、いただけない。

「それじゃ、ぼくはきょう一日どの科目でも指名されるってわけか？」

「そう。だから、当事者以外の生徒にすれば、白羽の矢がたつ日は大歓迎だ。」

「ひどい規則だな、」

「遊びだよ。」

「それじゃ、きみなんか、しょっちゅう羽をさしてるんだろう？　遅刻が多いといってたよね。きのうだって……、」

「遅刻は校則だから、関係ないよ。校規には学校がわの罰則がある。それ以外の生徒間のとりきめだけが対象なんだ。」

椋は、涼しい顔でいう。

「なっとくできないな。遅刻の常習者が野ばなしだなんて。」

史生はつぎの授業にそなえて、紙の匂いも新鮮な新しい歴史の教科書をひらいたが、パラパラとめくっただけですぐにとじた。椋は史生のとなりの、本来は密の席であるところへ腰かけている。勝手にノートの白紙のところをちぎり、ペンをつかって落がきをした。こんどは左手だ。見まわしたところ、教室に密の姿はない。史生はそれだけでも、気が休まった。

「あのさ、さっきの英語の授業だけどね、いつもあんな教えかたされてるの？」

椋は声をたてて笑った。

「ぼくたちの親父《おやじ》が、若い時分にあの教師に習ったとしてさ、教えこまされることは一字一句ちがわなかったろうと思うよ。」

「よくあることだね。」

椋はうなずいた。

「うんざりする。」

「だから、雨でもなければ、英語が一限目のときはゆっくり登校するのさ。あの程度なら、参考書とラジオで勉強すればじゅうぶんだろう。だけど、加持の授業はちがうんだよ。だいいち見ばえがするしね。声もいい。ぼくは一字一句聞きもらさない。どんな動作でも見のがしたくない。」

「……そりゃ、いいすぎ。まともだと思えないよ。いったい、あんな兄のどこがいいんだ。それにしちゃ、けさは素っ気なかったじゃないか。ことばもかわさなかった。」

「きみに、気がねしたのさ。」

とりわけすました顔で、椋はいってのけた。

「うそだよ。きみは遠慮するがらじゃない。」

「ぼくじゃなくて、加持が。」

「兄が？」

史生は、兄が自分に気がねするなど、なおのこと思ってもみなかったので、まるで実感がわかない。

「さてと、二限目からぬけようか？」

椋は、急に悪戯《いたずら》っ子のような顔をした。

「きのうもさぼったのに。」

「行きつけの場所を案内するよ。」

史生は返事を迷った。こう毎日学校をぬけだしていては、くせになりそうだ。

昼間にひと目をはばかりながら遊ぶのは、むろんたのしい。しかし、まっさきに朋彦のきびしい表情が目にうかんで、またしてもぶたれるのかと思えばおっくうにもなる。なにしろ学校でのことは、すぐに兄の知るところとなり、かくしようがない。

史生がためらっているあいだに、密がどこからかもどって、自分の席にいる椋を軽く手でしりぞけた。親しいからこその、ぞんざいなあつかいである。

「このごろ間隔がみじかいな。」

すれちがいざまに、椋は密の耳もとで小声になる。わざとのように視線をあわせない。

「そうでもないよ。」

「休んだらどうなんだ。むりしてとちゅうから出てくるこたない。」

「よけいなお世話だ。椋に指図される筋あいはないよ。からだの具合くらい、自分で判断できる。椋こそ、タバコが切れてるんじゃないのか。ぐずぐずしてると、休み時間が終わっちまうぜ。」

「ご親切に、どうも。」

そのまま歩きさるとみせて、椋は足をとめた。ふりかえって密と顔を見あわせ、同時にふきだした。彼らの口調にだまされた史生は、けんかでもはじめるのかと誤解していた。

「密、あとでノートをたのむよ。」

「帰るのか？」

「祖母《ばあ》さんの具合が悪いから、ようすを看てやらないと。」

「へえ、それは心配だな。ゆうべ、大通りをぴんしゃんして歩いているのを見たと思ったけど、気のせいらしい。」

密は皮肉をいうときに特有の調子をつけ、最後に口の端《は》をゆるめた。ふたりが、口争いを遊びとしてたのしんでいることは、かけあいの呼吸から察せられた。史生は、たちまちよけい者の転入生にもどってしまい、口をつぐんだ。椋は、密に軽く目くばせをして自分の席へもどり、かばんを肩にかけて歩きだした。史生がぐずぐずしているうちに、すばやく教室を出て行った。史生はあわてて廊下まで追いかけたが、すでに椋の姿はなかった。

扉をでてすぐに、ふきぬけの階段がある。手すりから下をのぞいた史生の視界を、空を切って紙飛行機がよぎった。長い滞空時間ののち、すべるように廊下へ着地する。ひとつうえの階の手すりに椋の姿が見えた。彼は紙飛行機をひろえ、という身ぶりをしたのち、階段をさらに上へのぼった。まもなく屋上の扉をひらく音がひびき、パタンとしまった。その後、しんと静まってなにも聞こえない。史生は紙飛行機をひろい、文字が書いてあることに気づいておりジワをのばした。

〈放課後、芙蓉坂《ふようざか》の『豆蔵《まめぞう》』に来られたし。川村椋〉

簡単な地図がそえられている。さきほど密の机で書いたのだろう。史生は椋のおった谷山にそってもう一度飛行機のかたちにしたが、はじめのようには飛ばない。ストンとすぐに落ちる。史生はそれをひろいあげて教室へもどった。ほどなくチャイムがなり、授業がはじまった。前の授業とおなじく、史生は何度となく指名された。四限目の読本の授業など、長い文章を延々と朗読することになり、すっかりのどがかわいてしまった。

放課後、椋の待っている『豆蔵』へいそいだ。霧のように、こまかな雨がふっている。史生はかさを持っていなかったので、かばんを頭上にかざして歩いた。『豆蔵』というのがどんな場所なのかはわからないが、そのぶん好奇心がたかまる。紙飛行機に書きこまれた地図をたよりに、見知らぬ路地を歩いた。とちゅうで、ひたひたと尾行《つい》てくる足音をききつけた。雨音にまじり、史生の歩調にあわせているような気配だ。気にかかり、角をまがるさいに、なにげなく背後をふりかえった。密である。

「きみか、」

「こんな道を歩いて、『豆蔵』へ行く気らしいね？」

「……そうだよ。」

「いいにくいことだけど、椋がきみに興味を示しているのは、加持の弟だからだぜ。」

史生は、自分でも承知しているだけに、ことさら指摘されたくはなかった。

「知ってる。」

「ふうん、それならまあ、ぼくが気にかけるまでもないか。」

いちいち、気にさわることをいうな、と口にしたいのを、史生はなんとかこらえた。

「ぼくが椋と親しくするのは、きみにとってなにか都合が悪いの？」

はじめて彼の名を口にしてみたものの、史生の口にはまだなじまない。その、ちぐはぐな感じを察したらしい密は、よゆうをみせてほほえんだ。

「べつに、そんなことはないさ。椋の勝手だから。」

などといい、史生とならんで歩いた。

「まだなにか用？」

「忘れてたんだけど、その羽、返してくれないかな。」

くすくす笑っている。史生は顔をあからめ、えりにさしっぱなしにしていた白い羽をひきぬいて、密に突《つ》っ返した。彼は羽を丹念《たんねん》に指でそろえ、もったいをつけて手帖へしまった。何枚もの羽が、一列にならべてある。たかが、遊びの羽ごときに、こっけいなことである。だが、史生は笑えなかった。羽の下にある、赤十字の印がついた診察券を目にした。とっさにそれをかくす密の動作は、見てはいけないものを見たという気づまりを、史生にあたえた。

あきらかに手ちがいだったのだ。目をふせた密の横顔にうかんだ憂いが、史生を不安にさせた。かたちにならない哀《かな》しみが、この少年をつつみこんでいる。声をかけようとして、ことばを思いつけなかった。密も、だまって立ちさった。

じきに芙蓉坂へたどりついた史生は、すぐに『豆蔵』ののれんをみつけた。

店さきに椋がいる。

「おそかったじゃないか。また迷ってるのかと思った。」

「うん、ちょっと。」

史生は、密のことを口に出せないまま、椋と店へはいった。

第三章

『豆蔵』というのは、古ものの店だった。椋《りょう》とのまちあわせではじめて訪れてから、すっかり史生《ふみお》の気にいりの店になった。間口《まぐち》がせまくうなぎの寝どこのように奥深い。戸だなといい床といい、ところせましと数々の骨董品がならんでいた。ガラス電球や真空管などの小さく安価なものから、古陶器、刀剣、簞《たん》笥《す》のたぐいまでそろっている。

おおかたは正札《しょうふだ》もなく、主人とのかけひきで値がきまる。『豆蔵』は、史生や椋のような少年たちを相手に商売をしているのでない。彼らが興味をしめすラジオの検波器や増幅器の真空管、電球、配電盤、またはフラスコやビーカーなどには、一律いくらと値がついていた。主人のわずらわしさをはぶくためである。

それらは陳列というより放置されていて、床へおいた箱に、無造作な状態でほうりこまれている。とくに値うちの古ものは、ぞうりを脱いであがる店の奥にあり、史生たちのような少年があがろうとすれば、たちまちやんわりとこばまれる。しかし、彼らも分をわきまえていて、框《かまち》をあがろうなどとは考えない。

帳場にいる主人が注意をはらうのは、この店に来るためにしか外出しない好《こう》事家《ずか》の老人や、まれに顔を見せる十年来の古なじみがやってくるときだけだ。こざかしい少年など見むきもしない。ばかにしているようだが、わきまえなく奥へはいろうとしないかぎりは、いつまでもほうっておいてくれた。

細身で背が高く、歳もこの商いの店主としては若い三十代なかばの主人は、奥深い店の、もっとも入り口から遠いところにいて、ほとんどもの音をたてない。茶いろくすすけ、背表紙の文字も読めないような古書をうずたかくした帳場に長火ばちをおき、そこへ日がな一日すわっていた。それも、写経でもするように姿勢を正しているのである。

五徳《ごとく》へのせた鉄びんがシュウシュウとなる。湯気のいぶきが聞きとれるほど、店のなかは静まっていた。常連の好事家があらわれたときだけ、古翁《こおう》たちのひそやかな会話にまじって、ひとつふたつ目利きらしく意見をのべる主人の声がもれてくる。

史生は椋とともに何度かこの店にたちよった。だが、まだなにも購入していない。こづかいで買える品がかぎられていたうえ、たまに、これぞと思うものを見つけても、椋のほうが、さらに気の利いたものをさがしだすので、見おとりがした。きのうの放課後も、椋は嬉々《きき》としてふりかえり、まだ箱のなかを物色中だった史生の肩をたたいた。

「これを見ろよ。コイル型が発案される前の、星がたのフィラメントだぜ。」

琥珀《こはく》にすすけたガラスのなかにみえるフィラメントは、六角形ではあるがたしかに星がただ。ガラスのかたちにはおぼえがあり、史生も一度はその電球を手にしたはずだがフィラメントには気づかなかった。

「目ざといね。」

「年季《ねんき》がちがうのさ。ゆずろうか。ただとはいわないけど。」

「なにならら、交換するの？」

「加持のところにある、瑞江《みずえ》姉さんの手紙。従姉《ねえ》さんは、筆《ふで》まめだから、ふたりのことがことこまかに書いてあるはずなんだ。知りたいと思わないか？」

「きみらしくない。悪趣味だ。」

「ぼくらしくないって、史生がどう思ってるのか知らないけど、ぼくはけっこう下劣なこともするんだ。」

「自分でいうことないよ。」

史生は、椋があまりにあけすけなので、にわかにおかしくなった。

「ほんとうさ。従姉《ねえ》さんのとこへ来た加持の手紙を盗み読みしたこともある。誠意のある文面だったよ。書きそんじもなくて、きちんとおりたたまれてた。」まっ正直にもほどがあると、史生はあきれた。そんなことは口にしなければだれの耳にもはいらず、なんの罪にもなりやしない。それをわざわざ白状するなど、聞いたこともない。

「兄にバレたら、ただじゃすまないよ。きみは、知らないんだ。兄がそんな場合にすこしも手をぬかないってことをさ。」

「あの人になぐられるなら、本望だよ。」

「気楽にいうな。」

史生は、苦笑した。だれだって、椋を相手に本気でけんかなどできない。彼は思ったままを口にして後悔しない。だからといって、ずうずうしいわけでも、無神経なのでもなかった。遠慮や気がねは、自分をよろうための手段でもある。椋は、生身をさらしている。そのぶん、相手の心情や思惑を敏感にさとる。史生は、そういうことがだんだんわかって、よけいに椋への関心をいだいた。

転校して二週間がすぎた。十月もなかばになり、朝晩は冷えこんで霜《しも》がおりる。北風はせわしなく枯れ葉をふきちらし、道ばたにのこったわずかなぬくもりを持ちさった。史生は、いくつかの通学路をおぼえ、ちかごろは椋の手助けなしに学校へかよっている。しだいに学校生活にもなれ、愉快と退屈がいりまじった時間をすごした。

白羽の矢には、さんざんなやまされた。学級図書の返却遅滞、教室内の植物の水やりの忘れ、日誌の記入もれ、などこまかなことで白い羽をつきつけられる。羽をあたえるかどうかの権限は、学級委員の密にある。彼は見た目にたがわず頭の切れる少年で、生徒たちにはおおむね評判がいい。ただ、ほかの生徒の失敗は温情で見のがすこともあるくせに、史生にはきびしい。やたらとやかましく、どことなしに、兄と通じるところがあった。少年時代の兄は、こんなふうだったかもしれないと思えるのだ。

すでに三度も白い羽を進呈された史生は、情けないやら、腹だたしいやらで、いっそう密がうとましかった。彼のほうでも、史生を目のかたきにしてくる。要は、椋がらみでそうなるのだが、当の本人は、なりゆきまかせで頓着しない。史生だけでなく、密もやきもきする日々がつづいた。

金曜日の午后、理科の時間は校外授業だった。教師の引率で市内のプラネタリウムへゆく。学校からは徒歩で二キロほどはなれている。三十名にちかい生徒が街中をならんで歩くのは気はずかしい。

はじめのうちは番号順にふたりずつ整然と歩いていたものの、こんなときは行儀よく歩くことがかえって好奇の目をあつめているようでおもしろくない。生徒たちは、てれもあって、すこしずつ足なみをみだしはじめた。縦列はしだいにほぐれ、前後もいれかわる。三人、四人とかたまって歩く生徒もあり、ひどくおくれをとる者もでた。しばらくはつつしまれていた雑談もさかんになり、笑い声もおこる。

　史生はとちゅうで、椋がいないことに気づいた。学校を発《た》つときは番号順で、列のやや前方に彼の姿があった。きょうは朝から遅刻もせずに授業をうけ、めずらしくまじめにすごすつもりだな、と思わせた。急に気まぐれをおこしてどこかへ消えたのだろう。史生は番号どおりの最後尾をひとりで歩いていたが、じきに密が横へならんだ。委員の彼は、さっきまでは先頭にいて、教師と親しげに話していたはずだ。

「椋は？」

「さあ、知らない。気づいたときは、もう見あたらなかった。」

「落ちあう場所はきめてあるんだろう？」

「いいや。」

　密は史生の返事が気にいらなかったらしく、眉をひそめた。

「『豆蔵』か？」

「知らないよ。聞いてないから。」

うたぐりぶかい密の口調に、史生もムッとなって答えた。椋はいつもの彼らしく、気まかせに姿をくらましたのだ。出会って二週間の史生がなっとくできるのだから、密もそのくらい見当がつきそうなものだ。史生は素直にプラネタリウムにゆくつもりで、みんなとおなじ方向へ歩いた。

バラバラになった列の先頭に、教師の松岡をかこんだ五、六人の生徒たちが見える。そのうしろへ、ふたりずつならんだ当初の列をくずさない律儀な生徒たちがつづいた。彼らは、融通《ゆうずう》のきかないきまじめな生徒と、めんどうくさがりの集団である。どちらも、時と場合にあわせた変更をしない。自分で判断をくださないからだ。

生徒と生徒の間隔は列のうしろへゆくほどひらき、ほとんどとぎれそうだ。まんなかよりうしろの生徒たちは先頭の教師からは目の届かない距離まで後退している。

教師は、後列の生徒たちを、委員の密に任せているのだろう。彼が日ごろの統制力を生かして、おくれをとった生徒たちをまちがいなくプラネタリウムまで誘導してくれるものと、きめているらしい。いつもなら、それは正しい考えかただろうが、きょうの密はどこか変だ。

史生は、学級委員が具合の悪そうなようすをしていることに、すこし前から気づいていた。会話をかわしたころはまだいつもどおりに見えたが、そのうち歩きながらまぶたを閉じる姿をなんども目撃した。気になってしばしば注意をむけた。

いまでは、顔からほとんど血の気がうせ、首すじまで青じろい。うすい皮膚をとおして静脈がすけ、ほんのすこしの傷でも、すぐさまたくさんの血がにじむのではないかと思われた。史生の脳裏を、赤十字の鮮烈な赤がよぎった。密はひどく汗をかくようで、しきりにハンカチでぬぐっている。まださほど歩いたわけでもなく、はだ寒い陽気なので、史生などはすこしも汗をかかなかった。

「どうかしたの？」

史生は思わず声をかけてしまったが、密は迷惑そうなまなざしを返しただけでなにもいわない。松岡はひとつさきの角を右へまがった。史生は密とともに手前の赤信号で足どめされていたので、列は二分した。三十人ほどの生徒のうち、半分は松岡にひきつれられて通りを渡った。のこりの半分は、長い信号待ちである。そのあいだ、右折した前方の連中は完全に見えなくなった。いよいよ信号が青になり、おくれをとった史生たちが歩きだした。おかしなことが起こったのはそのあとである。

密は、ぼんやりしているのか、わざとなのか、どこまでも直進する。彼の動きにつられ、なにも考えずにただ歩いていたほかの生徒も、まっすぐ歩きつづけた。教師のすすんだ道とはちがう。路地や通りがこれほど複雑な街のことだから、目的地へつく道が一種類とはかぎらない。史生はそう思って、密にしたがった。プラネタリウムらしい建物は、いっこうに見えず、やがて史生たちは府立博物館のまえにたどりついていた。案内図に美術館と科学館、それに別館として資料館があることが記されている。それまで雑談に興じていた生徒たちは、にわかにさわぎだした。

「だれだ？」

「木更衣《きさらい》だよ。彼が先頭を歩いていたんだ。」

「場所がちがうじゃないか。プラネタリウムだろう？」

そんなことを、今になっていう。土地勘《かん》のない史生とちがい、彼らは目的地へ向かう道を熟知しているはずなのだから、密が悪いようにいうのは身勝手すぎる。彼が右折の角をとおりすぎたときに、すぐ指摘すればすんだことだ。

史生は、人まかせでやかましい連中をだまらせたくなった。密の肩を持つようで、日ごろのいきさつを考えれば妙な具合ではある。史生は、さわいでいる連中から、プラネタリウムが市立博物館の内にあることを聞かされた。府立と市立の施設がいりまじったこの街では、よくあるまちがいだともいう。

口々に好き勝手なことをいいだした級友たちをよそに、密は府立博物館へむかって歩きだした。プラネタリウムなど、もはやどうでもよさそうだ。

「木更衣？」

だれかが声をかけたが、ふりむかない。皆はあきれた表情をしたのち、きびすをかえして駆けさった。史生は密のことを気にかけたぶん出おくれ、とりのこされてしまった。生徒たちは、たちまち遠のいてゆく。しかたなく、密にしたがって歩いた。

博物館の入り口には、石段がつらなっている。密はそこへ腰をおろした。首をうなだれて、足もとの、沙《すな》をしきつめた一点に集中している。目をあけているが、なにも見ていないふうだった。

「具合でも悪いの？」

史生は不安になってもう一度声をかけた。密は、はじめて気のついたように顔をあげた。

「……連中と行ったんじゃなかったのか？」

「見うしなった。」

「通りへでたら、すずかけの並木にそってただ北へすすめばいい。行けよ。簡単だ。」

「きみは？」

「見てのとおりさ。ここですこし休んでゆくから、ほうっておいてほしいね。」

「ひとりで、大丈夫なの？」

「きみがいてくれたところで、なにも変わりやしない。」

「彼をさがしてこようか？　……椋を。」

密は一瞬だけ笑みをうかべたが、またすぐ硬い表情にもどった。

「知ってるだろう？　ヤツが、行きさきも告げずに消えちまったときは、だれもつかまえることなんてできないさ。いいから、きみにも消えてほしいよ。口をきくぶんだけつかれる。休めないじゃないか。」

追いはらわれて、史生はそこを立ち去った。むりにでものこって、手助けするべきではなかったかと、いつまでも気になった。

密は翌日の土曜日を風邪で欠席したが、週明けには元気な姿を見せた。ぐずぐず歩いていた史生を門の手前で追いこし、階段をかけあがって行った。休日のあいだ、多少なりとも密の容態を気にかけていた史生は、肩すかしをくったかたちだ。

くわえて、けさの史生は気分がすぐれない。兄が、金曜日の晩から家を留守にしている。ふだんも帰宅時間はまちまちだが、史生と暮らすようになってのちは、一度も外泊をしたことがない。それが、この週末はなんの音沙汰《おとさた》もなく、家を留守にした。けさ早く、留守をわびる電話をよこしたきりである。一方的な電話で、史生のほうからはくわしいことをなにも聞きだせなかった。

うかない顔で教室へはいった史生は、椋の姿が見えないことだけを確認して席へついた。始業前の教室は、机に腰かけて話したり、ふざけあったりする生徒でさわがしい。兄の不在をいぶかりながら悶々として週末をすごした史生には、彼らのさわぎにつきあう気力は生まれてこなかった。隣席の密が、辞書をめくる手を休めてこちらをうかがっている。気配で顔をむけた史生は、密が上着のえりに白い羽をさしているのでおどろいた。

「なんで、きみが？」

「道順をまちがえた責任をとれってのさ。あれは松岡の領分だと思うけどね。ぼくは気分が悪かったから列をはずれてやすんでいただけだ。みんなは行きさきを知っていたんだから、勝手に歩けばよかったのさ。きみはともかくとして、彼らは知らない道じゃないだろう。」

密は、他愛もなくさわぐ学級の連中を、横目でながめた。腹だてているふうはなく困ったやつら、という顔である。史生は、密の口ぶりに意外な感じをうけていた。つい先週までは、ひとりよがりで自負心の強い、いやなやつだという印象しか持っていなかった。だが、案外まともな口のききかたをするのだと思ったのである。密は、突如《とつじょ》たちあがってみんなを静まらせた。

「いいかみんな、指名されないと思ってうれしがるなよ。いつもの倍はすすむから、覚悟しておいたほうがいい。試験の範囲がふえるだけだ。」

たしかに、密のいうとおりだった。指名をまぬがれたみんなのゆとりは、授業がすすむにつれてしだいに不安へと変わった。密は、教師の質問にたいして正しく迅速《じんそく》に答える。英文の講読はみごとな発音でなんページもすすみ、楽々と解釈する。黒板におもむけば難なく例題を解き、ノートへひき写す級友たちのほうが追いつかない。教師は教卓についたなりで、よろしい、けっこう、をくりかえし、授業のはかどりに満足そうな顔である。

生徒たちのためいきのせいかどうか、教卓の花びんに差した松虫草《まつむしそう》が、はらり、と落ちた。うすい紫の花弁は、史生になんともいえないやる瀬《せ》なさをいだかせた。

落ちた花に気づいて顔をくもらせた密が、黒板の前でぽつんとたたずんでいた。じきに、チャイムがなった。

「精《せい》がでるな。」

二限目を終えて、ようやく姿を見せた椋は、史生のかたわらへきてつぶやいた。むろん、となりの密へ聞かせるためにいったのだ。密はつぎの授業にそなえ、教科書を黙読していたが、目線はそのままで、椋を呼びとめた。

「金曜はどこへ消えてたんだ？」

「泉蓮院へ行ってた。」

「なにしに？」

「なんだか、すずしろのことが気になってね。行ってよかったよ。ほんとうに具合が悪かったんだ。心臓が弱ってるらしい。家の人は、もう歳だからって、あきらめているけど。」

「医者には診せたの、」

「うん。だけど老衰だから、そっと見まもるしかないって。今ものぞいてきたけど、居間に寝かされてた。もう立ちあがれないんだ。」

椋はそこでためいきをつき、史生のほうをむいた。

「そっちも冴《さ》えない顔してるね。どうかしたの？」

「なんでもないよ。」

「坊やは、兄貴がだまって外泊したんで、ごきげんが悪いのさ。」

横から、密が口をそえた。

「なるほど、それですねてるのか、」

「……うるさいな、」

いいかけて、史生はいぶかしんだ。密には、兄が週末留守だったことなどうちあけておらず、彼が知っているのは腑《ふ》に落ちない。だが、どうしてなのかを考えているさなか、椋に背中をつつかれた。

「気分なおしにぬけようか？」

例の調子であっさりと誘う。はずみで、史生はすぐさま承知した。

「気楽なヤツらだな、」

密があきれていう。椋は一度机においたかばんを、早くも、もとどおり左肩にかけている。

「気分の晴れないときは、教室になんているものじゃないよ。密もくれば？」

「気安く誘うなよ。きょうは白羽の矢をつけているんだぜ。」

「かまうもんか。お先。」

椋は史生をうながし、密の返事は聞かずに歩きだした。史生と椋とが、玄関へむかう階段をおりはじめたころ、追いかけてくる密の姿が見えた。

三人は常緑の低木が目かくしになった庭をとおりぬけて、美男《びなん》かずらの樹がある西門からおもてへでた。どこへゆくともきめていなかったが、いつしか泉蓮院の裏手へむかう小路を歩いていた。史生は密が同行するとは思わなかった。こんなふうに羽目を外す生徒には見えない。だが歩きぶりにはためらいがなく、悧発《りはつ》な顔だちだけに、むしろ、ふてぶてしいほどだった。

さきにタバコをとりだしたのも密だった。椋は「ヤツは、ああ見えても中毒なんだ」と史生に目配せしながら、密へライターをなげた。

「あの犬、何歳になるんだっけ？」

密はタバコをくわえて、ゆっくりした動作で火をつけた。

「この十二月で十四歳。」

「それじゃ、まるっきりぼくたちといっしょか。」

「ほんとだ。」

椋は笑顔を見せてうなずいた。ぼくたち、といったのを、史生は聞きもらさなかった。椋と密は、そろって十二月生まれらしい。史生は、三月生まれである。彼らと同調できないので、ややおもしろくない。泉蓮院についた少年たちは、すずしろが横になっている部屋をみまった。ストーヴをたいたあたたかい部屋に寝かされている。椋はかたわらへひざまずき、しばらく白い犬のひたいをなでた。史生と密はすこしはなれて、ようすを見まもった。椋はいつしか正座をして、すっかり弱って抱擁《ほうよう》もできないすずしろを、じっとみつめている。

静かな部屋のなかで、ストーヴのうえのヤカンがシュン、と音をたてた。椋はそれに反応して顔をあげた。

「また、来るからね、」

すずしろに声をかけ、椋はふだん着の住職に会釈をして部屋をでた。史生と密もつづいた。彼らはそのまま、ほどちかい於兎川《おとがわ》の川ばたへでた。堤《つつみ》は流れにそって石垣を組んだ小径になっている。ほうぼうに芒《すすき》の穂がのびていた。川幅は二十メートルほどだ。川原はそれよりもだいぶひろく、長い橋がかかっている。欄干に万世橋《まんせいばし》と書いてあった。対岸には葭《よし》や真菰《まこも》が生え、野げしの白い花が点々と見えた。

「密と学校をさぼるのはひさしぶりだな。」

椋を先頭に、少年たちは上流へむかって歩いてゆく。

「このごろは誘わないいじゃないか。だれかと遊んでばかりで。」

「そうだっけ?」

とぼけた口調ながらも、椋は笑みをうかべて密の顔を見ていた。史生はふたりからすこしはなれ、土手の縁石《ふちいし》をふみながらかぞえた。ほかにすることがない。椋と密の話し声は川風に飛ばされ、葭のゆれる音にまぎれた。縁石の勘定《かんじょう》に徹していた史生はいつのまにずいぶんと歩き、椋と密は二、三十メートルも後方にいる。葭原《よしはら》のなかから、一羽のケリが飛びたった。ひるがえる白いつばさ、一瞬だけ閃《ひらめ》く、そでの黒。呼び名のとおり、ケリリ、となく声が川原にひびく。

史生は退屈しのぎに、手ごろな石をひろって川面《かわも》へなげた。腕を水平にふりだし、手首をつかって投げる。指さきをはなれた石は回転しながら、水のうえで二、三度はねて沈んだ。さおを伸ばした対岸の釣り人ににらまれたような気がする。椋と密はまだ追いついてこない。ふたりは、ならんで歩いているが、ことばをかわしているようには見えない。ときおり、申しあわせたように立ちどまり、川面をながめた。その息のあった歩調を見て、史生はますます早あしになった。

「密のことをきらいなんだろう?」

ふいに椋がたずね、史生は困惑した。すずしろが、とうとう死んでしまって、泉蓮院の敷地内で埋葬をすませた晩のことだった。前日、すずしろは好物の、甘く煮た肉だんごをほんのすこし食べ、いつもどおりの眠りについた。いったん床にはいった家人が夜半にようすをうかがってみたところ、もう息をひきとっていたという。椋には、朝になって知らされた。

細雨がふりつづき、家のなかの壁まで湿り気をおびるほどだ。まる一日消えうせていた椋は、日暮れてから、すっかりぬれそぼったかっこうで史生の家を訪れた。歩きまわるうちに傘をなくしたなどという。朋彦の姿を見て、とたんにしがみついた。史生は、兄がいるからこそ、椋がこの家へ来たのだと思い、やる瀬ない気分にとらわれた。だれもかれもが、史生を素《す》どおりしてゆく。自分のいたらなさ、たよりなさというのは承知していたけれども、では、なにを改めればよいのかとなると、わからなかった。

朋彦は、椋に風呂へはいるようながし、泊まっていけという。椋は、外泊すると祖母《ばあ》さんがひがむと遠慮して、風呂をもらい、夕飯を食べて帰ることに落ちついた。史生がありあわせの着がえをそろえてもどるまもなく、椋はもう湯をあがってきた。扉ごしに史生が、からすの行水《ぎょうずい》だな、といえば、いつもさ、と返事があった。椋は廊下でたちどまり、炊事に精をだす朋彦をひとしきりながめた。そのあとで急に気がつき、手つだうことはないかときいた。朋彦は、椋にも史生にも手だしはいらないといい、少年たちは茶の間へもどった。雨夜の家のなかは、ほのぐらさがしんみりしている。だまりこくっているあいだ、ふたりは知らず知らず雨音に耳をかたむけてすごした。

そんなおり、椋がさきの質問をしたのだ。史生は、密に苦手意識があるのはたしかだが、きらいなわけではない。あれこれ考え、けっきょく、椋と密の親しさへのわだかまりなのだと思いあたって、自分にいやけがさした。史生がだまりこんだので、椋がしゃべりだした。

「密とはね、小学校からずっとおなじ学校なのさ。私学だからね、退学にでもならなきゃ、高等部の卒業までいっしょのはずだった。ごていねいに、生まれた日と病院までおなじ。よぶんなことを口にしなくても、気持ちは通じる。だれかといっしょにいて、だまっているのはふつう、きゅうくつなことだろう。だから、しきりにしゃべってしまう。ことばをかわすことで仲間だと感じ、ようやく安心するんだ。だけど、密がそばにいる場合は、そんなめんどうはいらない。遠慮も気がねもない。」

ひそかに想《おも》っていた人に、恋人のことをうちあけられるのはこんな気分だろうか、と史生はあらぬことを考え、自らうろたえた。こんなにもふがいなさを味わっている今、追いうちをかけなくともいいだろうに、などと、平気で語る椋が恨めしくなる。しきりにしゃべるのは、気持ちでは通じないという意味なのかもしれない。

「でもね、それはぼくの身勝手な思いこみなのさ。」

「……なに？」

史生は気のぬけた顔できききかえした。椋の話がどの文脈のつづきなのかを思いだすまでに、数秒かそれ以上かかったような気がする。

「気持ちが通じているかどうかという話さ。そばにいるだけで意思が通じあうなんてこと、よく考えてみればありえないだろう？　自分という個人がある以上、かならずくずせない境界はあるし、まもりたい自我もある。読心術をつかうわけじゃあるまいし、だまっていても意思の通じるあいだがらなんて、幻想にすぎないよ。」

史生は湯気のたちのぼるヤカンをストーヴのところまでおろしに行った。ポットに紅茶の葉をいれて熱湯をそそいだ。丁子《ちょうじ》と八角とカルダモンがまじっていて、独特の薫《かお》りがする。

「だけど、ぼくは気分や気持ちを正確につたえることがかならずしも重要だとは思わない。ことばを口にする者と、それを聞く者がちがう以上、正確に通じないのはあたりまえだ。誤解をうけても、誤解してもやむをえない。そういうつもりで、わりきることにしたのさ。」

椋は妙に力をこめていう。

「だって、それじゃ、」

「時と場合によって好きになったり、きらいになったり、それがふつうだろう？　そのたびにいちいち報告することもないよ。きのうは約束をすっぽかされて頭にきたけど、きょうはもうゆるすよって、それでいい。」

「だけど、ぼくは不安だ。どんなときも、ほんのちょっとだって気持ちをつたえられない。たいてい失敗するんだ。ひどいときは、なにかもっとくだらないことでいさかいになって、たぶん、ごめん、といえばそれですむのに、意地になってふてくされてる。それでおしまいさ。」

「加持にたいして？」

「……うん。兄とふたりで暮らすようになってから、ぼくは何度も、今夜こそ帰宅する兄を気持ちよくむかえようって、自分にいいきかせた。夕飯をこしらえて、今か今かと帰りを待つんだ。でもね、そういうときにかぎって、兄はおそいのさ。待ちくたびれてうたた寝しているところへ、もどって来た兄に、だらしがないとしかられる。そのあとは用意していたことばがみんなどこかへ行ってしまって、いつもとおなじ。いさかいをして、後は首をふったり、うなずいたりするだけで、なにもいえなくなってしまうんだ。」

小声でかわされる彼らの会話は、ラジオを聞きながら調理をしている朋彦の耳には届かない。野菜を炒《いた》める音だけが派手に聞こえた。椋は、史生をつついて、台所へ行けとうながした。

「加持に、だきついてこいよ。それで通じる。なまじ、口をきこうとするから、しくじるんだ。」

「……きみとはちがう。」

「ちがうもんか。たとえ、ちがってたって、きみはそうするべきだよ。」

椋の、なかば命じるようなすすめにしたがって、史生は台所の敷居をまたいだ。朋彦は、ちょうどコンロの火をとめて、できあがったおかずを小皿へとりわけたところだった。ラジオの天気予報は、雨がしだいに雪へと変わることを告げている。

朋彦は、台所の口へ突ったたっている史生に気づき、あしたはひと仕事になるぞ、という。今晩のうちに納戸《なんど》からスコップをだしておけ、と指図し、二軒さきの大家の門の前までは雪かきをしておかないとやかましいからな、とぼやいた。そのとちゅうで、史生は兄に抱きついた。きっかけも間あいも、みごとにちぐはぐだったが、史生はいったんこうときめたことを、自在に変更できるほど器用ではない。兄がふりむいた時をのがさず飛びつこうとし、実行したまでである。結果、うわさ好きの大家の寡婦をそれとなく非難している朋彦の腕へ、しがみついてしまった。

「……史生、」

朋彦は、わずかにとまどいを見せたが、わけもなく飛びこんできた弟を、しりぞけはしなかった。

「あぶないじゃないか。油をつかってるんだよ。」

とがめはしたが、おだやかな口調でいい、朋彦は少年を抱きよせてやった。

彼らはまだ、頭ふたつぶんほども背たけがちがい、兄は弟の頭ごしに、茶の間ですましている椋を、けしかけた張本人として軽くにらんだ。

夕飯のすむころから雨音がやんで雪になった。

「ごちそうさまでした。そろそろ失礼します。」

椋はわざとかしこまっていとまを告げ、玄関のガラス戸をあけた。彼の背中を軒《のき》の灯《ひ》がこうこうと照らしている。外はもうかなりの雪がふりつもり、地面が明るく映《は》えている。史生は木戸まで椋をおくって、彼の姿が路地のむこうへ見えなくなったあとも、闇のなかへたたずんでいた。堀を流れる水音がひびいている。

翌日、朋彦が案じたとおりかなりの雪がつもり、小路も屋根も白無垢《しろむく》におおわれた。今はふりやんで、雪雲がしきりに走っている。史生は兄とともに小路の雪かきをした。家主の寡婦は愛犬の狆《ちん》を抱いてやってきて、おもてだけでなく勝手口のほうまで通路をつくってほしいようなことを、ほのめかして去った。朋彦は時計をながめ、小さくためいきをついた。

「兄さん、ぼくがしておくから、さきに出かけていいよ。」

「めずらしく、殊勝なことをいうんだな。」

「ぼくだって、いつも役たたずの足手まといなわけじゃないよ。」

「そうはいってない。史生はすぐそれだ。」

笑いながら、たのんだよ、と家のなかへはいり、朋彦は大いそぎで出かけた。職場まで、徐行運転の市電を乗りつぐのだから、いつもより早めに家をでなくてはいけない。今夜は、なんでも好きなものをこしらえてやるよ、と史生にいって停車場へかけ去った。雪雲はしだいにうすらいで、空は明るくなってゆく。

家々の屋根や軒さきから雪がとけだしている。しずくは、糸でつないだように、つらなって落ちている。連子窓《れんじまど》の黒桟《くろさん》が雪の白さに映えて、いっそう黒くきわだち、したたり落ちるしずくが銀色に見えた。

雪かきは大仕事で、一限目にはとうていまにあわない時刻までかかった。史生は学校へ急いだが、まもなく椋とあった。というより、彼のほうで史生がとおるのを待ちかまえていたのだ。

「いまさら急ぐことはないよ。どうせ遅刻だ。」

「まあね、」

史生も、椋にあったのをさいわい、歩調をゆるめた。どのみち、すべりやすい雪道では思うように走れない。椋は、当然のような顔をして、見当ちがいの路地をまがった。学校から遠ざかる道である。このごろでは史生も道になれ、通学路か否かぐらいは察しがつく。

「『豆蔵』で、暖《だん》をとろうよ。靴が雪でぬれたから。」

などと椋がそそのかし、史生も承知した。兄の叱責をかうのも覚悟している。『豆蔵』のある芙蓉坂のなかばで、史生は足をすべらせて転んだ。暖をとるという椋の提案が生かされた。

「先週の金曜のことだけど、」

「……うん、」

旧式ラジオの真空管をあさっている最中、いきなり切りだされ、史生はすぐにピンとこなかった。腑に落ちない顔をむけたので、椋は順を追って話すことになった。

「ほら、このあいだ加持が外泊をしたんで、史生は留守番するはめになったろう。月曜にすねてうかない顔をしていたじゃないか。」

「すねてなんかないよ。」

「さ、それはともかく、加持のゆきさきは、たぶんきみの思ってるのとはちがうぜ。」

史生は、椋の話にしては、妙にまわりくどいのをいぶかった。いつもなら、もっと単刀直入に話すはずである。兄が外泊した晩は、恋人とあっていたものと思われた。ところが、椋はそれを否定するばかりか、話すのをためらっている。史生は、さきをうながした。

「……あの日ね、加持は密につきそって病院へ泊まってたんだよ。」

「病院？」

「宝来町《ほうらいちょう》の市立病院だよ。密は、博物館の前でたおれて、ぐうぜん、とおりかかった加持に病院へかつぎこまれたんだ。ぼくは、知らずに泉蓮院へ行き、そのまま泊まって、すずしろのそばにいた。たまたま祖母《ばあ》さんと、伯父たちが温泉へ行ってたんで、好きにできたんだ。おかげで、密の姉さんが、家へ何度も電話をしたっていうのに、連絡がとれなかった。密が病院にいるあいだ、のんきに遊んでたんだ。」

椋は、しきりに悔やみ、顔いろまですぐれない。

「だけど、彼は月曜日には、すっかりもとどおりだったじゃないか。そんなに、気にしなくても……。」

「密は、いつもああなんだ。二、三日入院して、点滴打って、薬をのんで、それでケロっとしてでてくる。学校にいるあいだも、ときどき姿を消すだろう。あれは、医務室で薬をのんでいるのさ。ほんとうは、夕バコをやめさせなきゃいけない。なのに、ぼくはいつも、見のがしてきた。弱く生まれついた不運で、どうせ長生きはしないんだ、というのが密の口ぐせで、中等部へはいるときにわざと夕バコを吸いはじめたんだ。ぼくは、彼の好きにさせるのが一番だと思ってた。病人あつかいするなというから、あちこち連れまわして、いつも疲れさせた。密はそれでもよろこんだよ。」

常連の隠居《いんきょ》が、雪道をやってきて顔をだした。『豆蔵』の主人は、大火鉢のそばにいた少年たちをどかし、隠居に座をすすめた。史生の服もかわいたので、収穫のなかった少年たちは昼前に店をでた。このままサボるか、おくればせながら学校へ行くか、きめかねている。迷いつつすすむ少年たちの足どりは、ちっともはかどらない。彼らは、少し歩いてはたちどまり、しばらく足をとめた。椋はタバコに火をつけたものの、くゆらせたけむりの、ゆくえばかりながめている。

「加持は、密を甘やかさないんだよ。やけになるのはゆるさない。理屈をこねれば、理屈で応酬して筋をとおすし、タバコに気づこうものなら、容赦なく平手をくわせる。それで、当初密は、加持のことを気にくわない教師だといってた。」

椋は、手帖をとりだしてみせた。白い羽がならんでいる。

「密にもらったんだ。あの遊びはもうよすって。これをはじめたのは、密なんだよ。加持の授業が最初だった。理屈で反発していい負かされるのが、よっぽどしゃくにさわったんだろう。いきなりぼくに白い羽を突きつけて、みんなの前で例の約束ごとを説くんだ。むろん、みんなも乗り気だった。どうして、ぼくに最初の白羽の矢がたったかというとね、加持と親しく口をきいたからだって、密がそういうんだよ。横暴だろう？　そのころはもう、加持と従姉《ねえ》さんがいい仲だったから、ぼくはそのつもりで接してた。兄ができたみたいで、うれしかった。実際に弟がいると知ったときは、あわないうちからねたましくってね。そいつがあらわれたら、けんつくくわしてやろうって、その点では密と一致してた。でも、史生を見て気が変わったんだけど、」

「……どうして？」

椋は、はぐらかすように笑みをうかべただけで、返事をしない。うす曇りの空の下に、銅葺きの紅寺の塔が見えている。椋と史生は申しあわせたようにたちどまり、塔の屋根をながめた。雪は盛んにとけだして、白糸のように細く長くしたたりおちた。

「密は、ずるくてね。いつのまにか、加持と和解してたんだ。そればかりか、たびたびあってもいた。密も、弟のきみを警戒していたんだろうね。それで、接しかたが少々ひねくれていたんだ。」

「少々どころじゃないよ。ぼくは、あんな鼻持ちならないやつは、見たことがないと思った。」

「いいんだよ。それが、密とつきあう正しい方法だ。ぼくはなれあっているだけ。密が加持をたよりにしていると知ったとき、まちがいに気づかされた。密は、なんでもわかってくれる相手がほしかったんじゃない。加持のように、甘えをゆるさない相手をのぞんでいたのさ。」

少年たちは学校へむかう路地のまがり口へきた。椋はそこをとおりこし、ためらうことなく直進した。ふたりは、いつしか紅寺の塔へ近づいていた。

「このあいだの週末、加持は、はじめて密を甘やかしたんだ。密は、病院へはこばれて意識をとりもどしたときに、きいたそうだよ。今夜、ぼくだけの兄になってくれますかって。そばにいた彼の両親や、姉さんがあわてて詫びたけれども、加持はかまわないといったんだ。目をさますまで、ここにいるから、ちゃんと眠れと。」

史生は兄が外泊した晩に、さんざんすねたり恨んだりしたことを思い返した。

「……だったら、電話の一本もくれたらよかったのに。」

「密は、ぼくだけの兄になってほしいとたのんだんだよ。わかるだろう？　ためしたんだ。加持は律義に聞きいれて、きみに電話をしなかった。行きさきも告げず、無断で外泊などすれば、どれだけきみに心細い思いをさせるか、わかっていたはずだ。なのに、どうしてそんなことができたと思う？」

「薄情だからさ、」

「本気でそう思ってるの？」

椋は、いつになくきびしい表情で問いつめた。寸分狂いのない端正な顔でにらむので、凄みがある。史生は答えにつまった。

「きみは加持が薄情だなんて、ほんとうは思ってないのさ。本気だったら、口にできやしない。」

強い口調で責められ、史生は返すことばがなかった。椋は、なおもきびしいまなざしをしていたが、史生がだまりこくっているのをながめ、一転して笑顔になった。

「加持はね、少々の誤解が生じたって、史生との絆《きずな》は根っこのところではゆるがないと信じている。密だって、そのことに気づいたろうさ。わがままをいったぶん、彼はかえってつらい思いをしたはずだ。」

史生は、しきりに首をふった。

「兄は身勝手なんだ。ささいな行きちがいで、とりかえしのつかないことにもなるのに、どうして大丈夫だときめつける？　そんなのは、ただの自信過剰さ。

ぼくは、あの晩、夜行に乗って叔父のところへ帰ろうとしてた。」

「でも、そうしなかったろう？」

「切符がとれなかった。」

「そうじゃない。きみだって、加持を信じてるからだよ。」

椋に断言され、史生は口ごもった。ふたりの歩くさきに、紅寺の塔がある。かなりちかくまで来ていた。のぼり坂で道の先まで見とおせないが、そのまままっすぐすすめば塔の真下へたどりつくはずだ。雲ぐものあいまからさしこむ日をあびて、釘かくしの錺《かざ》り金具が、ほんのすこしだけ縁《へり》をひからせた。

椋はまだすこし早いといって横道へそれてゆく。腹ごしらえして、もう一度『豆蔵』でひまをつぶしたあとくらいが、ちょうどよいらしい。なにに早すぎるのか、史生にはわからない。だが、学校へもどらないことだけは、はっきりしている。それでじゅうぶんだった。

第四章

町にある寺の多くは、住職の身内が敷地内に住んでいる。紅寺は、いくつかある棟の一部が住まいとなっていて、生垣《いけがき》のしきりでかこんである。塔も、その内がわにたち、特別にもうけられた内覧日か、檀家《だんか》でなければ、のぼることはできない。

史生が椋のあとをついてそこへやってきたのは、秋のみじかい昼間がもう後ろ姿を見せている午后だった。ふたりは西日をあびている。歩くさきへ長い影がのび、それを踏みながらすすんだ。塔はうすずみいろの曇天をいただいた銅屋根にはじまり、地上まで六段の手すりを数えることができた。

「半分は飾りだから、実際は三階だてだ。」

椋は伝手《つて》があるのだと、平気な顔で住職の住まいを訪ねた。ごめんください、と奥へことわって玄関のガラス戸をくぐった。唐風の破風《はふ》屋根をのせたぎょうぎょうしい玄関である。框《かまち》から式台《しきだい》へつづき、目かくしに水墨のついたてをおいている。その奥には、下半分をガラスにした雪見障子《ゆきみしょうじ》があった。障子ごしに、玄関の気配で出てきたらしい家人の姿がみえ、まもなく顔を見せた。二十歳くらいの若い女である。椋は、親しげに会釈をした。

「待たずにあがってくれてよかったのに。密《たかし》は横になってるけど、具合はだいぶいいみたい。さあ、どうぞ。」

ひとり、史生だけがあっけにとられていた。木更衣の家なのである。でてきたのは、密の姉だった。椋が、てきぱきと史生を紹介し、密の姉は、加持先生にはすっかりお世話になりまして、などとあいさつをした。彼女は、「勝手にあがっててちょうだいね。私はお茶をいれてくるから」、と椋にことわり、廊下の奥へむかった。少年たちは、彼女とは逆方向の廊下をすすんだ。

「そんなこと、ちっともいわなかったじゃないか。」

「きかないからさ。」

椋はすました顔でこたえ、史生をうながして二階へあがった。階段のつきあたりが密の部屋だった。横に長い座敷のはしから、渡り廊下がのび、塔へとつながっている。姉のことばにあったとおり、密は床についていた。訪れたふたりの顔を見て起きあがろうとするのを、椋がさえぎった。

「そのままでいろよ。」

「病人あつかいするな。」

座敷には、荷造りされたかばんや、ひもをかけた本の束が、整然とおかれている。転居をして以来、荷ほどきを怠った史生の部屋にも、同様の束があった。

密のは、それよりもだいぶ嵩《かさ》がおおい。彼はからだを起こして綿いれをはおりながら、枕もとへおいていた薄手の冊子をさりげなくかくした。しかし、目ざとい椋が見のがすはずはなく、すぐさま手をのばした。密も素早さでは劣らない。椋よりも、一瞬はやく本をおさえこんだ。

「読みかけの本をかくすなんて、女のすることだ、」

椋は、悔しまぎれに揶揄《やゆ》した。

「弱みにつけこむのも、女の習性だろう。」

いいかえす密も、負けていない。軍配は密にあがったようで、椋は口をとがらせた。

「女のことなんて、知りもしないくせに、」

「椋よりはくわしい。」

「どうしてさ。姉さんがいるからっていうんだろう？　ぼくにだって、いとこがいるさ。似たようなものじゃないか。」

密は、ふふん、と笑う。椋の考えなど、とっくに見とおしていたといいたげである。

「それなら、教えてくれないか。瑞江さんはどうして、役場の会計主任なんかと見合いをする気になったのさ。加持とはわかれるのか？」

「……え？」

おどろいて声をだしたのは史生だ。椋は、くちびるを固く結んで、密を見すえた。すこしのあいだふたりは黙ってにらみあいをしていたが、密のほうで目をそらし、史生に向きなおった。

「瑞江さんはね、いきなり十四にもなる子の母親になるのは不安だって、うちの姉にもらしたことがある。それで、加持をあきらめて、別の亭主を見つけようとしたんだ。」

「……子って、ぼくは義弟《おとうと》になるんじゃないか。いくら歳がはなれているからって、兄のつれあいになる人に、ぼくだって母がわりになってもらおうなんて、そんなあつかましいことは思ってやしない。兄が結婚するなら、ぼくはいつだって叔父のところへもどるんだから。」

「加持がそれを認めるかな。」

「よせったら、史生はなにも知らされてないんだ。」

椋は、口調は静かだが、けわしい表情をうかべて密を制した。

「いずれわかることだろう？」

「それだって、話をするのは加持の役目だ。ぼくたちじゃない。」

椋のいうのが正論だと、密も認めてはいたが、ことのなりゆきで引っこみがつかなくなっている。いったんふりあげたこぶしは、そう簡単におろせない。このごろは史生も、密が見かけほど冷静沈着ではなく、感情のままに動くことがあるのを知るようになった。

密は、椋をにらみつけた。雲ゆきがあやしくなる。仲だちをする立場の史生も、自身が混乱している。たった今、ほのめかされたことがらの、真偽をたしかめたい。

「すきあり。いただきッ。」

いきなり、電光石火のごとく手をのばした椋は、密がかくしていた本をうばった。

「……椋ッ、」

「油断するほうが悪い。」

椋は、密の手をはらって満足げに本をかかえこんだ。さきほどまでたがいに険悪だったなごりなど、どこにもない。けろりとしている椋につられて、密も笑いだした。

「かなわないな、」

ふたりの横で、史生だけがため息になった。すこしくらいの誤解が生じても、根っこのところでは信じている、というのは、つまり彼ら自身のことでもある。椋と密が、長年かけてつちかってきた信頼は堅固だ。

「J・エヴルーだって、ロマンチスト。」

本の背表紙を見て、さっそく椋がからかった。エヴルーはフランスの文学者で、椋がうばいとった薄い冊子は、大戦前夜の人々の心情を描いた『星と月と海』という短篇集である。

「うるさい。」

密は、いくぶん顔を紅《あか》らめている。椋は本をかえした。

「加持の本だろう？　それ。」

「そうだよ。借りたんだ。」

本は、背表紙ばかりか本文も黄ばんだ、かなり古いものだった。白欧社《はくおうしゃ》と書かれた青い文字には、史生もおぼえがある。兄の書だなでかなりの場所をとっている叢書《そうしょ》である。

「どんな話？」

「いろいろだよ。たとえば、少年がいて、彼の父親は高級官僚なんだ。政府のために国外へ出ていて不在だ。その家へ、突然独軍の将校が乗りこんでくる。

占領下だからね、勝手に宿舎とさだめたんだ。窓から幕のように大きな鉤《かぎ》十字の旗をかかげた。そのかわり、食糧不足の村人をよそに、家族には豊富な食べものがあたえられた。少年の母親は、病弱で寝こんでいる。起きあがれないわけではないくせに、不在の家長にかわって、自分が子どもたちをまもらなければいけない、という意識に欠けている。ブルジョア出身で病《やまい》がちでも気ぐらいは衰えない。小説においては典型的に負の要素をあたえられた夫人だった。将校たちなど、家のなかに存在しないという態度ですごしている。そのぶん、長女は積極的に将校とかかわった。彼女はもともとなりゆきまかせの気質で、占領下の抑圧された生活にいや気がさしてもいた。ある日、母親が死んだ。あきらかに自然死ではなかったが、長女は真相を知ろうとしなかったし、哀《かな》しみもしなかった。ただ、家の権威をかたちづくっていた母の死によって、自分がただの女になったことをさとった。長女は将校のひとりと逃亡し、国境を越えた。やがて戦局が転じ、連合軍が勝利する。ひとりのこされた少年は、父の帰りを待っている。だが、その父はとっくに死んでいた。名家だったその家は、対独協力者と罵られ、暴徒が襲ってくる。投石や略奪もされた。少年は裏切り者呼ばわりされて、教会の礼拝にゆくこともできない。使用人はみんな逃亡し、最後に中年の女中がひとりだけになった。その女中も、ありったけの銀食器や金目のものをくすねて、郷里へ帰るつもりでいた。夜あけにこっそり台所の戸口からぬけだそうとしていた彼女を、少年が呼びとめた。でてゆくの？　ときく。女中は悪びれもせず、田舎の母親が病気だからとこたえる。すると少年は、これをあげる、と布にくるんだ緑柱石《エメラルド》をさしだした。それは、亡くなった夫人の形見で、はしばみの果《み》ぐらい大きく、まわりにダイヤモンドをちりばめた高価なものだった。実際、女中はその緑柱石を目あてに、最後までとどまっていたんだ。どうしても、みつからず、あきらめて去るところだった。べつに悪女だったわけではなく、たんにそういう階級の女なんだ。情よりも金品を信頼する。彼女の階級では、子どもは労働力であって、まもるべきものとは見なされない。

彼女は宝石をせしめて意気揚々と駅へついたが、換金できそうなものはいっさいがっさい盗んでいたから、さすがにすこしは良心がとがめた。せめて小さな指輪くらいは、少年に返そうと思いつく。だけど、結局たどりつかない。とちゅうで強盗にでくわし、金品を根こそぎうばわれてしまうからさ。笑い話みたいだけど、叙情的な文章で大まじめに書いてある。」

「どこが笑い話だよ。密はどこで笑ったんだ？　作者は読者を泣かせるつもりなんだろう？」

椋は不満そうにきいた。

「この登場人物のすべてを、喜劇の名優が演じているとすれば、ぼくが笑い話といった意味がわかると思うけど。」

「わからないね、」

即座にいいはなって、椋は不服そうに顔をしかめた。

「それで？　いったい少年はどうしたのさ、」

「今のところで終わりさ。短篇だからそれでいいんだ。」

「よかない。もっと気のきいた終わりかたってのがありそうなものだよ。情緒にたよりすぎてる。短篇だというならばさ、構造的な終結があってしかるべきだ。」

「それなら、椋はどう書く?」

問われた椋が思案しているあいだ、密の姉があらわれて茶菓子をおいていった。彼女が去ったあとで、密は史生に耳うちして、「姉さんは、加持に気があるんだよ。椋のとこの瑞江さんが、本気で会計主任にくらがえするなら、ぼくは姉をあとおしするつもりさ」という。椋は、ちらッとにらんで、密を牽制した。

「どう、考えついたかい?」

密は、巧みに椋の気をそらしてしまう。

「まあね、ぼくなら、こうさ。女中がひきかえすところまではおなじだ。彼女は、屋敷にもどって扉をあける。すると、そこには少年の可愛がっていた猫が腹を裂かれている。つまり、緑柱石はずっと猫の胃袋にかくしてあったのさ。少年は猫を裂いたそのナイフで、自分ののどを刺して死んでいた。」

「少年はなんで、死をえらぶのさ？」

　密がきいた。

「ひとりのこされて、行き場をうしなったからだよ。」

「愛おしんでいた猫を裂くほどの少年が、自ら命を絶つなんて解《げ》せないね。だいたい、この少年はそんなにやわじゃないよ。だからこそ、ひとり生きのびたんだ。」

「姉がいたな。……彼女はたぶん、将校にすてられ、身を持ちくずして娼婦になってる。それで、何年もたって少年と再会するんだ。」

「読めたよ。椋のは仕掛けや形式にこだわりすぎだ。少年は客として姉と逢うんだろう。筋だてとしては、いかにも扇情《せんじょう》的だけど、効果はすくない。ゴシップを羅列しているようなものさ。それに、猟奇的な場合ほど、綿密に仕立てなきゃいけない。筋が読めてしまっては興ざめだ。だけど、安っぽいぶん、読み捨てにはむいてるよ。あとは、書き手の面《つら》の皮の厚さの問題だろうね。臆面もなく、奇を衒《てら》うことができるのも、ひとつの特技だ。」

「ひどいいいようだな。なんの恨みか、教えてほしいよ。そこまでけなさなくたって、もうすこしオブラートにつつんだような表現ってものがあるじゃないか。」

口をとがらせてはいるが、椋は密の皮肉をたのしんでいるふうだった。

「だから、それがだめだというんだ。椋は思考とことばのならべかたが図式的すぎる。書いてあることしか読めない。理系にだって、あいまいさは必要だよ。」

史生は、彼らのやりとりにくわわることができず、終始聞き役だった。勘のいい椋が、すぐに察した。

「やめよう。史生が退屈してる。」

椋のひとことで、談義は終わった。薄暮のけむったような木立が窓から見え、しきりに葉《は》むらが音をたてている。椋は、史生に渡り廊下の位置をしめし、ちょっと塔へ登ってこようかとさそった。密の部屋から、ほんのすこしまたぐだけで、塔へ通じる。しきりには、障子と唐扉《からとびら》がある。

「夕暮れどきが、いちばんいいながめなんだ。足もとが危なっかしいけども。」

密は、さっさと行ってこい、という身ぶりをして敷き布団の端《はし》をすこし持ちあげ、とおり道をつくった。史生は、椋のあとをついてゆく。ひとまたぎのところが、欄干《らんかん》つきの渡り廊下になっている。真下に小さな庭が見えて、階下の縁がわと窓よりの座敷が、ほんのすこしのぞける。あかりが、ガラスににじんでいる。静かな動作をする家の人の影が映った。

塔のなかは、急な階段になっている。あかりとりの、かすかな光だけがたよりだ。火の用心のために、灯《ひ》はともさないのだという。足もとは暗く、手さぐりですすむしかない。階段は木製なので、踏み板がきゅうきゅうとなり、静かに昇らなければ、踏みぬいてしまいそうだった。あかりとりの窓からわずかな光がもれ、暗闇を細い筋がよぎってゆく。

塔の三層目には、四方へひらけた窓がある。史生は、なにげなく窓からのぞいて驚いた。階段を昇った感覚よりも、高さがあって見晴らしがよい。塔は傾斜《なぞえ》に建っているのだった。急激にくだって、そのさきはまた平らな土地になる。連なる家々につもった雪が屋根のうえをすべり、どの家もおなじように軒のところに厚みができている。

「この塔の片がわは、沢になってるんだよ。きょうの雪で今年はだめだろうけど、いつもはじきに斜面の楓がちって、だんだんにかさなって、褪《あ》せたのや、あざやかなのがいりまじる。一面が友禅《ゆうぜん》みたいさ。」椋にうながされ、史生は窓の下をのぞきこんだ。

この秋は雪のふるのが早すぎたのだ。楓の葉は、乱舞するまえに、つもった雪の重みでほとんど落ちてしまった。のこった葉のひとひらが、風に舞う。うずをまいて沢の底の暗がりへまぎれてゆく。ぽつん、とかがやくものがあって史生はそこへ目をこらした。わずかに水がたまり、母屋のあかりを映しているのだ。

塔の三層の、ほんの二畳ぶんほどしかない板の間を、昼間のなごりをとどめたぬくもりと、宵闇《よいやみ》の冷気がとおりぬけてゆく。椋は、史生をさしまねいて、遠くに見える木造の駅舎を見るようにいった。

あたりが暗くなるにつれ、駅と駅舎を照らすともしびが、うかびあがった。プラットフォームには人の姿が小さくゆきかい、二両編成の客車が到着した。於兎川にそって、線路は東西へのびている。電車は十河《とおが》と呼ばれる峠をこえて、隣県まで走るのだった。

「日帰りで遊びにゆかれるいちばん遠くはどこかって、密と試したことがある。この線に乗って、谷をぬけたんだ。遊びに夢中になって終電に乗りそこねたよ。数年前までは、午后七時でおしまいだったからね。駅舎で夜明かししたんだ。

たのしかった。」

しばらく沈黙した椋は、唐突に深呼吸をして四方の窓を閉じた。もう、すっかり暗い。あかりとりからも弱い光しかもれてこず、塔のなかは、いちはやく夜になった。

「おりようか。こっちだ。」

知らぬまに椋がすぐ横まできていて、史生の耳もとで声がした。そのさい、椋のほほが史生の耳をかすめ、ひやり、とした冷たさを感じた。史生は首をかしげた。すぐに、椋が泣いていたのだとさとった。

来しなとおなじく、ふたりは暗い階段を手さぐりでおり、あかりのともった廊下までもどった。史生は、椋の横顔をのぞいた。もうほほはぬれていない。あかりに映え、どこまでも澄んでいる。

座敷で待っていた密は、ふたりの姿を見て急須に湯をさした。本のつづきを読んでいたらしく、読みさしのページでふせてある。急須の真鍮《しんちゅう》のふたが、あかりにゆらいで、天井の木目もようをうつした。史生は、手のひらで茶碗をうけた。藍《あい》でふちどりした白磁《はくじ》が、雪肌《ゆきはだ》のように白い。藍のもようはにじんで見える。

「こんどは、どんな？」

椋はまた、本のことにふれた。

「戦時下の、気丈な婆《ばあ》さんの挿話があるんだよ。彼女は、戦禍がはげしさをまして食糧も底をつく状況になっても、ひとそろいの真っ白な食器と、夏麻《リネン》のクロスを手放さないんだ。とぼしい食糧を、りっぱな器《うつわ》にならべることで、彼女は自分がまだ人間らしくあることを確認する。むろん、避難するときも、一式をつめこんだトランクをかかえている。それが、トランクといっても、長持《ながもち》くらいのおおげさなものさ。船旅の時代のなごりだからね。ある晩、彼女と家族が地下壕へのがれたところへ、ドイツ兵が押しいってくる。わずかにのこっている食糧や金目のものをうばうためだ。兵たちがなにを持ち去っても、婆さんはひとかかえのトランクさえぶじなら、かまわないと思っていた。彼らは戸だなや衣裳箪笥《いしょうだんす》をさんざんに荒らし、うばうだけうばって、ひきあげようとした。ところが、いちばん最後に婆さんのトランクに気づいたんだ。やってきて、無理やりトランクをあけさせた。真っ白い器と夏麻など、彼らにはなんの役にもたたないものさ。けれども兵士というのは、敵国の文化を踏みにじることの効果も心得ている。はじめはわざと敬意をあらわし、ていねいにあつかう。ひとつひとつ、つつんである布をほどいて床にならべ、そのうえでおもむろに蹴りこわしてゆくんだ。しまいに軍靴でこなごなにくだいて踏みにじった。クロスには靴底の泥をこすりつける。その日から婆さんはいっぺんに弱って、まもなく死んだ。……前に読んだときは、どうしてそんなことで死ぬのか、さっぱりわからなかった。西洋人の精神《メンタル》って、しちめんどうでばかじゃなかろうかと思った。皿やクロスなんてどうでもいいじゃないか。でも、ぼくの気力だって、自分でも気づかないほんのささいなことに支えられているんじゃないかって、このごろ思うようになったよ。」

史生は、まとまりのつかない顔をして、手のなかの冷めた茶碗を口もとへはこんだ。密の話の要点がつかめなかったのだ。椋はつづきをせかすようにたずねた。

「たとえば、どんなもの？」

密は、背にしている書だなのほうへ手をのばし、すっかり書籍の片づいたガラス戸のなかに、ひとつだけのこされた手帖をとりだした。史生は、ようやく今になって本が荷造りされている不自然さが気になっていた。

密は白い羽が一葉だけさしてある手帖をひらいた。

「これは、このあいだぼくがつけていた白羽の矢なんだ。これってね、ぼくからぬけおちた羽だよ。椋に持っていてほしい。」

「……答えになってない。」

椋は、密の手をつかんで、羽を彼のほうへ押しもどした。密は、そのままの姿勢で、ほほえんでいる。

「椋とぼくは、偶然おなじ日に生まれて、長いあいだいっしょにすごしてきたよね。ぼくは脆弱《ぜいじゃく》だったけど、椋は見かけによらずとびきり丈夫だった。風邪すらひかない。うらやましかった。半分よこせとはいわない。せめて三分の一くらいは、わけてくれてもいいだろうと、なんども思ったよ。だけど、きみもぼくも、おなじ時を生きているんだ。ぼくのほうが、たぶんさきに生をまっとうしてしまうだろうけど、椋にだって終わりはある。はやいか、おそいかの、ちょっとしたちがいだ。そう思ったら楽になった。」

「……ばかッ。だから、ロマンチストだっていうんだ。そんな、くだらない本なんか読むな、」

椋は突然おこりだして、つかんでいた密の手をはなした。立ちあがるのと、かけだすのがほとんど同時で、いきおいよく唐紙をあけて飛びだして行った。

史生は、椋の見幕にも、密の静けさにもとまどい、呆然としていた。

「あとを追えよ、」

静かだが、強い口調で、密が出口の方向を指さした。

「……でも、」

「行けったら。いいか。ぼくは、学校をやめて療養所《サナトリウム》へ行くのさ。加持は、万にひとつでも生きる望みがあるときに、それを放棄する人間をゆるさないというんだ。ぼくは、まだそこまで悪くなっちゃいない。だけど、治る見こみもない。でも、逃げないことにしたんだ。椋は誤解してる。ぼくは、あきらめたわけじゃないよ。そう、つたえてほしい。」

「きみが、いうことだ。」

「……於兎川の川原へゆけ。万世橋の西。椋はそこにいる。泣くときはいつもあすこだから。人のことをロマンチストだっていうくせに、彼のほうこそ、どうしようもないロマンチストだ。きいたろう？　さっきの短篇の結末。ヤツをたのむよ。ひとりでいられない、甘ったれだ。」

史生は、はい、そうですか、と行くわけにはゆかなかった。椋は、史生に来てほしいと思っているわけじゃない。朋彦が行くならともかく、と史生はためらった。

「なにを心配してるんだ。椋はきみを認めてるんだよ。最初からね。でなきゃ、ヤツが『豆蔵』のことまで教えるもんか。きみは知らないだろうけど、あの店は一見《いちげん》じゃ入れないのさ。まして中学生なんかね。椋が連れてゆけば、それで顔つなぎができたことになる。わかったろう？　彼はきみが気にいったんだ。」

「……兄がいるからだ、」

「そう考えたきゃ、それでもいいさ。人の気も知らないで。」

「彼が、椋が自分でそういったんだ。加持の弟だから関心があるって。」

自然に、椋の名を口にしていた。無意識に出たのははじめてである。

「好きなんじゃないの？」

密は、まっこうからきいた。史生がとっさにうつむくのを見て、密は笑い声をたてた。

「正直なのは好きさ、」

さらに帰りぎわ、

「椋が川原で泣いてなかったら、そんな薄情者には、げんこのひとつもくらわしておいてくれよな。たのんだよ。」

などとおどけて見送った。史生は教えられたとおり於兎川の万世橋へゆき、川原へおりた。雀瓜《すずめうり》だの刺草《いらくさ》だの、背の高い荻だのが、土手から川原へかけて生えている。椋の姿は、橋の上からもみつけることができた。草のしげみへ引きあげられた平底舟《ひらぞこ》にのりこんで、ひざに顔をうずめてしゃがんでいる。史生はだまってそばへちかより、小舟のふなべりをまたいだ。

椋の気のすむまで、待つつもりでいた。しかし、史生が腰をおちつけるまもなく、椋はすがりついてきた。相手がだれであるかもたしかめない。史生は、そのまましばらく椋の肩をささえていた。ときおり、声をかける。幼い子を、なだめているような気分だった。

　史生には、生まれたときから歳かさの兄がいて、ああしてほしい、こうしてほしいと望むいっぽうですごしてきた。彼自身が兄の役にたとうなどと、考えもしなければ、それを求められるとも思わないできた。彼は、知らず知らず、兄だけでなく友人に対しても、たよるがわになっていた。

　今、はじめて、たよられるということを実感している。椋によりそいながら、史生は、兄とのつきあいも、もうすこしましにできるような気がした。椋は、ずっとひとりで泣いていたにちがいないから、密のたのみごとも実行しなくてすむ。しばらくして、椋は顔をあげた。

「……何時？」

「もうじき六時だ。」

「帰ろう、」

　椋は、終始ことばすくなである。ふたりは、いつもの四辻《よつつじ》でわかれた。

史生は、まっすぐ家へもどった。こうこうと軒灯がともっている。兄がもどっているものときめて、家のなかへかけこんだ。すると、見知らぬ女がいた。

「お帰りなさい。」

史生は、家をまちがえたかと、うろたえた。つづけて「川村瑞江です」と名乗るのを聞き、ようやく事情を察した。

「ごめんなさい。おどろいたでしょう。史生さんがお帰りになる前に、おいとまするつもりだったの。でも、ごはんをこしらえるのに、思ったより時間がかかってしまって。不出来だけど、どうぞめしあがってね。史生さんは、茶わん蒸しとぶり大根が好物だと椋ちゃんに聞いたので、それをこしらえてみたの。それから、この箱にあるのは柿小豆《かきしょうず》。あとで、お茶うけにしてね。でも、どれも口にあわなかったら、すててくれてかまわないから。」

瑞江は、史生に口をはさませずに一気にしゃべり、手ばやくかっぽう着をたたんで手もとの小袋にしまった。血筋がおなじでも、椋の凜《りん》としたのとはまったく質のちがう、細面の美人である。史生は、どういう態度をあらわしてよいのかきめかねた。

座卓には、すっかり夕食のしたくがととのっている。史生の帰りをみはからったかのように、湯気がたちのぼっていた。史生はかばんをさげたまま、うろうろと歩き、うながされて落ちつかなげに腰をすえた。

「史生さん、私、ようやっと決心したの。ぐずぐずといって、申しわけなかったけど母親になるのは簡単なことじゃないもの。そう思ってゆるしてほしいの。朋彦さんが学生のときに結婚して、もう十いくつにもなるお子さんがいるというのは、はじめから承知のおつきあいだった。なのに、いざとなったら、椋ちゃんとおない歳の息子を持つってことに、すっかり怖じけて。……でも、もう平気。椋ちゃんの話だと、史生さんはとてもしっかりしているって、」

「……ちょっと待ってください、」

史生は、いっぽう的に延々とつづきそうな瑞江の話を、なんとかさえぎった。

「いまなんておっしゃいました？　兄が結婚していたって、それはどういう？」

「……まあ、それじゃ史生さんは、」

瑞江がそこまでいいかけたところで、ふいに気配がして座敷の唐紙がひらいた。顔をだしたのは椋である。

「ああ、従姉《ねえ》さん、すっかりしゃべっちまったね。それは加持先生の役目だったのに。」

「椋ちゃん、だって私、史生さんは、てっきり知っているものと思ってたのよ。ごめんなさい。」

しまいのほうを、瑞江はあとからあらわれた朋彦を見て口にしたのだった。

史生もつられて兄を見た。朋彦は、あわててかけつけてきたというふうで、肩で息をしている。

「……史生、」

その後がつづかない。史生は立ちあがり、かたわらで口をはさもうとする椋を制して、心配ない、と目くばせした。それから、あらためて兄とむきあった。

「兄さんも歳だね。バス停からここまで走ってくるくらいで、息切れするなんて、情けない。」

いいながら、史生はさっさと座卓へもどった。

「冷めないうちに、いただこう。ほら、兄さんも。椋もすわれよ。甘いものもある。」

椋はけげんな顔である。

「それでいいのか？　ちゃんと先生と話をしろよ。ぼくは従姉《ねえ》さんをつれて帰るから。」

それを聞いた史生は、急に噴きだした。

「なにがおかしいのさ。まじめな話をしてるんだよ。」

「だって、先生だなんていうから。椋の口から、そんなことばを聞くとは思ってもみなかった。ふだんは、加持、加持って呼びすてにするくせに。」

とたんに、瑞江は椋の腕をつかんだ。

「椋ちゃん、あなたいったい、学校の先生にどういう口のききかたをしているの？」

「やぶへびだ。ほこさきがこっちへむくなんて、」

椋は史生のとなりへ逃げてくる。顔を見あわせている朋彦と瑞江をよそに、少年たちは座卓にならんだ夕飯に箸をつけた。とちゅうで、椋は史生に小声でいった。

「九時になったら、でよう。」

そのとおり、彼らは時報とともに飛びだし、呼びとめる朋彦をふりきって逃亡した。史生は面とむかって兄のうちあけ話を聞くことにてれて、椋のさそいにのってしまった。半日かかって踏みかためられた雪は、夜になって表面が凍った。街灯の青じろい光で、結晶がうかびあがっている。少年たちは足のむくまま、とりとめもなく小路を歩いていたが、史生は急にたちどまった。

「……あ、」

「どうした?」

「柿小豆《かきしょうず》を持ってくるんだったのに、」

「家にもあるよ。あれは、祖母《ばあ》さんの伝授なんだ。干し柿に餡《あん》をからめてあるのさ。帰ろう。重箱に飽きるほどこしらえてある。」

椋にうながされ、ふたりはふたたび走りだした。


師走もまもない寒い朝、学校を去ることになった密を、みんなで幹線の駅まで見送りにでかけた。彼が温暖な海辺で静養することを知っているのは、椋と史生だけで、のこりの級友たちは、寺を継ぐために専門の学校へ変わるのだという密のことばをうのみにした。始発のバスが市内を一周して到着する午前七時である。駅は、市内のあちこちから通勤してくる会社員で、はやくも混雑がはじまっていた。朝から小雪のちらつく寒い日で、待合室も冷えている。顔ぶれはだいたいそろっていたが、カンジンの密はいつまで待ってもあらわれない。彼の両親は、師走の檀家まわりに追われている。かわって姉が送ってゆくことになっていた。なにより、密自身が、父母の見送りをこばんだのだと、椋がうちあけた。

「母親があれこれいって湿っぽくなるからだって、ほんとうはぼくたちに母子のわかれを見られたくないからだよ。密の強がりなんだ。」

密の姉はひとりであらわれ、いっこうに姿を見せない弟にやきもきしている。

「よりたいところがあるから、先に行っていてくれと、いわれて。それで、私、ひとりで出てきました。こんなことなら、いっしょに連れてくるんだった。いったい、どうしたのかしら。」

彼女は、きまり悪そうにしてしきりに電話をかけにゆき、とっくに家を出たそうです、と二、三度、おなじことを一同にくり返さねばならなかった。朋彦もその場に来ていたが、近辺をさがしてこようといい、待合室を出て行った。密がのるはずの列車の時刻は、まぢかにせまっていた。椋は、自分の腕時計と待合室の柱時計とを見くらべ、やがて思いあたることがあるらしく、ハッとした表情になった。

「……あのばか、」

つぶやくのと同時に、椋はもう走りだしていた。史生もあとを追った。級友たちは、ふたりがどうしてかけてゆくのかもわからず、待合室にとりのこされた。

「どこへ？」

史生は前をゆく椋に向かって叫んだ。

「駅だよ。こっちじゃなくて、於兎川のむこう岸。会社線の駅だ。密に、まんまとだしぬかれたのさ。ヤツは、ひとりで行く気だ。」

「どうして？」

「そういう手あいなんだよ。」

ふたりとも、駅を飛びだした勢いのまま走っていたが、しだいに息を切らして足も鈍くなった。気は急《せ》くものの、於兎川まではまだだいぶ遠い。

「すこし歩こうか、」

椋の提案に、史生も安堵した。彼はもう、立ちどまりたいと思っていたところだった。その点、椋ははるかに体力がある。息切れしたといっても、史生ほど呼吸が乱れていないし、余力もありそうだった。

「さきに行ってくれよ。すぐに追いつくから、」

「いいんだ。密が本気でぼくたちをだしぬくつもりなら、もう発《た》っているはずだ。」

「……じゃあ、」

「ぼくが気づくかどうか、試してるのさ。やな性格だね、ほんとに。」

いいながら、椋はちっとも、いやそうにしていない。口笛を吹きながら歩いていた。ふたりとも、うしろから近づいてなりつづける警笛に、しばらく気づかなかった。

「史生、」

朋彦が、車の窓から顔をだした。椋と史生が走って行ったと聞いて、車をつかまえて飛ばしてきたらしい。

「ああ、兄さん、……密は、……だって、椋がそういうんだ、」

史生は、まだ息を切らしていて、説明が説明にならない。しかたなく、会社線の駅の方向をさした。

「いいからのれ、」

少年たちは、車にのりこみ、いそぎ於兎川の駅へむかった。於兎川の三善橋《みよし》へさしかかればすぐに、むこう岸の駅舎が見えてくる。小雪は川風にあおられ、橋の上空でうずをまいた。川原や、川洲に生えている葦《あし》や真菰《まこも》もうっすらと雪化粧して、それがだんだん濃くなっている。電車は堤沿いにしばらく走り、市街地を迂回して、隣県の町へとむかう。所要時間がかかるので、山地を突きぬけるべつの線ができてからは、乗降客がすくなくなった。朝晩のほかは、ひっそりしている。

そろそろ朝の通勤客もまばらになり、改札の駅員も事務室へはいってしまった。駅前にバスの到着したときだけ、検札をするのだ。人波の去った改札に、紺のコートを着た少年の姿が見えた。

「密、」

椋はまっさきに車をおり、駅舎の石段をかけのぼった。さっきまでの小雪が、川むこうの山はだをかくすほど、せわしくふりはじめた。プラットフォームにも吹きつけている。密は、椋をみつけ、来たね、とだけいった。

「そうさ。こらしめてやろうと思ってきたんだよ。……いったい、どういうつもりなんだ。ひとりで発とうなんて、かっこうつけるな。」

椋は、いきなり密になぐりかかろうとして、そのままだきしめた。ふりあげた腕を密の肩にまわし、きつくつかんでいる。史生は、兄にひきとめられ、改札の外で待つことにした。

三善橋をゆきかう車も、雪にはばまれてなかなかすすまない。雪片《せっぺん》は、飛びたつ鳥がのこしてゆく羽毛にも似て、しばらく宙をういているかのようである。しかし、個々の雪を目で追ってみれば、落下するはやさは羽毛のようには優雅でない。あとからあとからふって、川面へのみこまれてゆく。駅舎は、雪が吹きつける屋根の片がわだけがきわだって白い。その白さが少しずつあつみをましていた。三善橋の欄干もすっかり雪化粧した。

椋は、すずしろを抱くのとおなじやりかたで、密をきつく抱きしめている。ふたりの姿は、しばしば横なぐりに吹きつける雪にかき消された。電車がとだえたあいだ、川づたいにのびてゆく軌道は、いつしか白くなった。信号灯がついて、旗をたずさえた駅員が事務室をでてくる。川が蛇行しているあたりでしきりに水鳥が飛びたった。電車にさきだって、川をくだってくる。数羽でむれ飛ぶ鷺《さぎ》の背後に、昼なのに灯をともした電車が見えた。史生と朋彦も、こんどはプラットフォームへでた。

密は椋や史生とあいさつを交わし、最後に朋彦へは黙礼をして電車に乗りこんだ。停車時間はみじかく、少年たちの感慨などおかまいなしに扉がしまる。史生と椋は、プラットフォームのはしへ走ってゆき、電車がつぎのカーヴをまがるまで、そこへたたずんでいた。手をふるわけでも、呼びかけるわけでもない。ただ、ふたりして電車のゆくえをみつめていた。

「帰ろうか、」

飛びたつ鳥のはばたきにまぎれて、椋がつぶやいた。史生はうなずいたが、それでもふたりともすぐには動かなかった。どちらともなく歩きはじめたとき、ふたりはたがいに白くなった頭を見て、笑った。朋彦はさきに車へ乗りこんで待っていたが、史生は歩いて学校にゆくとつたえた。

「いそげよ。今からなら、二限目にまにあう。」

「うん、」

朋彦の車を見送った少年たちは、歩きだしたとたんに目くばせをした。そろって、むきを変え、当然のように学校とは逆方向の路地をはいった。

「こんな日に授業をうけるなんて、できやしない。」

しばらく歩き、椋はとおりがかりの家をのぞいて、庭にいた犬を呼んだ。その犬は、庭じゅうを歩きまわれるような長いくさりをつけている。すずしろとは正反対の真っ黒な犬で、大きさは成犬なみだが、尾をふるしぐさは、まだやんちゃざかりを物語った。悧巧《りこう》か、そうでないかは今後のたのしみとして、冴えた青い睛《め》をしている。愛称もそのままに青というのだった。

「最近親しくなったんだ。史生に似てるところがあるよ。」

「どこが？」

「すぐ迷い犬になるところ。こいつ、しょっちゅう縄ぬけをするんだ。得意になって、あちこちほっつき歩く。それで、家出するつもりはすこしもないのに、家へ帰れなくなるのさ。だけど、ぼくには、こいつのゆきさきがわかるんだ。」

「どうして？」

「きまってるじゃないか。好きだからさ。」

椋は、いつものようにすました顔で、なんの衒《てら》いもなくこたえた。

解説　風景に踏み迷う

陣野俊史

タイトルの「新学期」という言葉を聞いて、どんな感じがするだろうか。期待？　不安？　倦怠？　そのどれも抱く人もいれば、まったくなんの感懐もない人もいるかもしれない。人それぞれだろう。いずれにせよ、学校生活はそう短いものではない。幼稚園から大学まで考えれば、ほぼ二十年の間、私たちは「学校」に通うことになる。これはけっして僅かな時間じゃない。そして毎年三回、新学期がやってくるとすると、合計六十回も「新学期」を経験していることになる。人生のうちで六十回も経験することって、あれこれ考えてみたけれど、そんなに多くない。

新学期とはバカに数の多い、でも特別な瞬間なのだ。

主人公の史生は年の離れた兄と同居するために、突然転校してくる。「夏休みのあとの、中途はんぱな転校である」と本文中にある。つまり新学期の二学期から、史生は新しい学校に通うことになったのだ。方向音痴（とはっきりは書いてないが）の史生は、初めて登校する朝、学校の方角がやっぱりわからなくなる。そして目の前を歩いている少年の後をつけていく。少年は「やたらと白いうなじ」をしていて、「ひざをのばして」歩き、「肩がけにした茶いろのかばんが適当に傷んで」おり、「制服もさりげなく着くずして」いた。パーフェクト。完璧な出会いだ。

この小説は、加持史生と、史生の年の離れた兄で教員でもある朋彦を慕う川村椋（右の、制服を着くずしていた同級生だ）、さらに成績のよい、でも病気を抱えた木更衣密を加えた、三人の中学生の関係を描いた瑞々しい小説。とりわけ椋の、端正な顔立ちや、すぐに学校をフケる反抗的な態度は、ある意味で典型的とはいえ、すごく魅力的。密は椋が史生に関心を持ち続けていることを嫌がり、椋は椋で、朋彦に瑞江という恋人がいることをこれみよがしに史生に話したり……。つまり、彼らの関係はやや閉鎖的でもありつつ（ということは思慕の情をおのおの含みつつ）、互いに牽制しあって出来上がっている。微妙な少年たちの心の揺れ。もちろんベースにあるのは史生と朋彦の年齢差十七歳の兄弟関係だが、ネタバレになるので（「解説」から読み始める人もいるだろうから）この関係についてはこれ以上、触れない。

さて、少し『新学期』から離れてみる。
この小説が刊行されたのは、一九九五年七月。オウム真理教による地下鉄サリン事件と阪神淡路大震災があった年だ。長野さんの小説にその影は見当たらない。当たり前かもしれないし、どんな作家も二つの出来事の痕跡を刻む必要はない。ただ、長野さんご自身が「文藝」の特集のインタビューでこんな風に語っている。「あの時期（八〇年代の終わりから九〇年代にかけて、つまりバブルの頃、引用者注）は、自分がおもしろいと思ったことを書いていただけで、江藤（淳）さんのウインドウ・ディスプレイみたいだという評を読んで、『あ、小説って内面を書くものなのか』とちょっと思いましたけれども、内面って、もう私たちの世代ではとらえようのないものなんですよね。私の作品を今の若い読者が読むと、何か自分たちが抱いているような不安に対するサバイバル感が感じられないと言うんですよね。すごく穏やかな世界で心地よいと思いつつも、何かが足りないっていう（笑）」（「文藝」２００８年秋号）。

二つの重要なことが語られている。一つは、長野さんの小説には、内面が描かれていないということ。これは八〇年代に学生だった者、あんまり世代論をやりたくはないのだが、いわゆる「新人類」と呼ばれた世代に共通する特徴の一つかもしれない。内面などない。語るべき内面があらかじめあるのではない。仮にその小説に内面が感じられるとすれば、それは語ることによって作られた内面なのだ、という共通了解だ。表面にとどまる、という言い方をしてもいい。ところが、最近の若い読者は、内面を求める。自分たちの内面の不安を登場人物の内面に投射したがる傾向がある。共感の共同体を作りたいと願っている。だから登場人物には内面の悩みを抱えていてほしいのだ。

新人類世代の、表層にとどまる身の処し方がドラスティックに変化した時期こそ、おそらく九五年だったと私は思っているが、今の若い人の抱える内面の不安は、九五年から地続きだと思う。だから小説の読み方は変化している。長野さんの作品にまで内面を求めてしまう。そして「何かが足りない」とつい口走ってしまったりするのだ。

では、本当に長野さんの小説には「内面」がないのか。それに代わるものは準備されていなかっただろうか。


さらにもう少し『新学期』から離れる。

この数年の純文学の世界は、大雑把に言って、プロットしか書いてないケータイ小説と、キャラだけが細密に規定してあるライトノベルのサイドから、「それで純文学の人たちは何を描いているのかな?」と、問いを突きつけられてきた。プロットでもキャラでもないものを書いているのならば、何を書いているのか、はっきり示せ、というわけだ。あらゆる純文学作家は個別の戦いを挑んでいるわけだし(遅くなったけれど、私は長野まゆみさんを純文学作家だと思っている)、プロットとキャラクター以外のことも書いている、としか言いようがない。考えてもみてほしい。長野さんのみならず、笙野頼子さんや松浦理英子さんの戦いに、共通して括れるような何かがあるとは思えないではないか……と、それはさておき。

私は、長野まゆみという作家が一貫して提出してきたのは、世界観だと思っている。どんな事件より、どんなキャラクター設定より、長野さんが重視してきたのは、登場人物たち相互の関係性であり、それを包み込んでいる世界である。デビュー作の『少年アリス』はまさしくそうだったし、その点は二〇〇八年の『改造版　少年アリス』でも変わっていない（それにしても『改造版』をもう読まれただろうか？　あの大胆さ！）。つまり、長野さんは、純文学に固有の要素として世界観を書いている、と言える。

ここでようやく『新学期』へ。

史生と椋。あるいは密。彼ら少年たちの、幾分か硬い会話や青臭い情動は、彼らを包む空間や空気と不可分である。たとえば「泉蓮院までの小径は、このかいわい特有のベンガラ格子の家並のあいだを、わざと人をまよわせるような複雑さでつづいてゆく」、など。風景は人の心を表象したりしていない。風景のほうが人を惑わしている。そんな複雑さを備えて、少年たちを取り囲んでいる。いい表現だな、と思う。

あるいはもっと直接的なシーン。病気で臥せっている密を史生と椋が見舞う場面。密は読んでいた本の話を二人にする。「……西洋人の精神《メンタル》って、しちめんどうでばかじゃなかろうかと思った。皿やクロスなんてどうでもいいじゃないか。でも、ぼくの気力だって、自分でも気づかないほんのささいなことに支えられているんじゃないかって、このごろ思うようになったよ」。

「自分でも気づかないほんのささいなこと」が彼らを取り巻き、小説を作っている。地名も人の名前も、凹凸のある地形も、駅舎も待合室も、長野まゆみオリジナルの世界観に染め抜かれている。プロットを単純に追いかけるのではなく、血液型や生年月日まで細かく規定した主人公たちのキャラクターを追認するのでもなく、私たちは、史生が踏み迷う学校までの屈曲した道のりを楽しんでいる。内面は描かれていない。だが内面と不可分なはずの風景ならば小説に溢れている。長野まゆみの描く世界に触れるとは、そういう風景に自分も踏み迷うことだ。長野さんが純文学として何を書いているか、という問いへの返答は、以上である。

長野まゆみさんは、二〇〇八年に作家生活二十年を迎えた。それを記念してなのかどうか寡聞にして私は知らないのだが、『改造版 少年アリス』が刊行された。アリスたちは、おそらくそれまで彼らを取り囲んでいた世界から少しだけ踏み出している。長野さんの作り上げてきた世界から、少しだけ離れている。このことは重要だ。長野さんは、先に掲げたインタビューで「案外、今後は手で直していく作業をずっと続けていくことになるのかもしれないなとは思いますね」と語っている。アリスたちだけではない。加持史生も、ひょっとすると、彼が転校して迎えたばかりの新学期を、別の学校で過ごす日が来るのかもしれない。アグレッシヴな挑戦に最大級の賛辞を。

本書は一九九五年七月、単行本として小社より刊行されました。

新学期《しんがっき》

二〇〇九年 三 月一〇日 初版印刷
二〇〇九年 三 月二〇日 初版発行

著 者 長野《ながの》まゆみ
発行者 若森繁男
発行所 株式会社河出書房新社
〒一五一−〇〇五一
東京都渋谷区千駄ヶ谷二−三二−二
電話〇三−三四〇四−八六一一（編集）
〇三−三四〇四−一二〇一（営業）
http://www.kawade.co.jp/

ロゴ・表紙デザイン 粟津潔
本文フォーマット 佐々木暁
印刷・製本 中央精版印刷株式会社

落丁本・乱丁本はおとりかえいたします。
©2009 Kawade Shobo Shinsha, Publishers
Printed in Japan ISBN978-4-309-40951-1

青春デンデケデケデケ

芦原すなお　40352-6

1965年の夏休み、ラジオから流れるベンチャーズのギターがぼくを変えた。“やーっぱりロックでなけらいかん”——誰もが通過する青春の輝かしい季節を描いた痛快小説。文藝賞・直木賞受賞。映画化原作。

A感覚とV感覚

稲垣足穂　40568-1

永遠なる“少年”へのはかないノスタルジーと、はるかな天上へとかよう晴朗なA感覚——タルホ美学の原基をなす表題作のほか、みずみずしい初期短篇から後期の典雅な論考まで、全14篇を収録した代表作。

オアシス

生田紗代　40812-5

私が〈出会った〉青い自転車が盗まれた。呆然自失の中、私の自転車を探す日々が始まる。家事放棄の母と、その母にパラサイトされている姉、そして私。女三人、奇妙な家族の行方は？　文藝賞受賞作。

助手席にて、グルグル・ダンスを踊って

伊藤たかみ　40818-7

高三の夏、赤いコンバーチブルにのって青春をグルグル回りつづけたぼくと彼女のミオ。はじけるようなみずみずしさと懐かしく甘酸っぱい感傷が交差する、芥川賞作家の鮮烈なデビュー作。第32回文藝賞受賞。

ロスト・ストーリー

伊藤たかみ　40824-8

ある朝彼女は出て行った。自らの「失くした物語」をとり戻すために——。僕と兄アニーとアニーのかつての恋人ナオミの３人暮らしに変化が訪れた。過去と現実が交錯する、芥川賞作家による初長篇にして代表作。

狐狸庵交遊録

遠藤周作　40811-8

遠藤周作没後十年。類い希なる好奇心とユーモアで人々を笑いの渦に巻き込んだ狐狸庵先生。文壇関係のみならず、多彩な友人達とのエピソードを記した抱腹絶倒のエッセイ。阿川弘之氏との未発表往復書簡収録。

肌ざわり

尾辻克彦　40744-9

これは私小説？　それとも哲学？　父子家庭の日常を軽やかに描きながら、その視線はいつしか世界の裏側へ回りこむ……。赤瀬川原平が尾辻克彦の名で執筆した処女短篇集、ついに復活！　解説・坪内祐三

父が消えた

尾辻克彦　40745-6

父の遺骨を納める墓地を見に出かけた「私」の目に映るもの、頭をよぎることどもの間に、父の思い出が滑り込む……。芥川賞受賞作「父が消えた」など、初期作品５篇を収録した傑作短篇集。解説・夏石鈴子

東京ゲスト・ハウス

角田光代　40760-9

半年のアジア放浪から帰った僕は、あてもなく、旅で知り合った女性の一軒家を間借りする。そこはまるで旅の続きのゲスト・ハウスのような場所だった。旅の終りを探す、直木賞作家の青春小説。解説＝中上紀

ぼくとネモ号と彼女たち

角田光代　40780-7

中古で買った愛車「ネモ号」に乗って、当てもなく道を走るぼく。とりあえず、遠くへ行きたい。行き先は、乗せた女しだい――直木賞作家による青春ロード・ノベル。解説＝豊田道倫

ホームドラマ

新堂冬樹　40815-6

一見、幸せな家庭に潜む静かな狂気……。あの新堂冬樹が描き出す“最悪のホームドラマ”がついに文庫化。文庫版特別書き下ろし短篇「賢母」を収録！　解説＝永江朗

母の発達

笙野頼子　40577-3

娘の怨念によって殺されたお母さんは〈新種の母〉として、解体しながら、発達した。五十音の母として。空前絶後の着想で抱腹絶倒の世界をつくる、芥川賞作家の話題の超力作長篇小説。

きょうのできごと

柴崎友香　40711-1

この小さな惑星で、あなたはきょう、誰を想っていますか……。京都の夜に集まった男女が、ある一日に経験した、いくつかの小さな物語。行定勲監督による映画原作、ベストセラー!!

青空感傷ツアー

柴崎友香　40766-1

超美人でゴーマンな女ともだちと、彼女に言いなりな私。大阪→トルコ→四国→石垣島。抱腹絶倒、やがてせつない女二人の感傷旅行の行方は？映画「きょうのできごと」原作者の話題作。解説＝長嶋有

次の町まで、きみはどんな歌をうたうの?

柴崎友香　40786-9

幻の初期作品が待望の文庫化！　大阪発東京行。友人カップルのドライブに男二人がむりやり便乗。四人それぞれの思いを乗せた旅の行方は？ 切なく、歯痒い、心に残るロード・ラブ・ストーリー。解説＝綿矢りさ

ユルスナールの靴

須賀敦子　40552-0

デビュー後十年を待たずに惜しまれつつ逝った筆者の最後の著作。20世紀フランスを代表する文学者ユルスナールの軌跡に、自らを重ねて、文学と人生の光と影を鮮やかに綴る長編作品。

ラジオ　デイズ

鈴木清剛　40617-6

追い払うことも仲良くすることもできない男が、オレの六畳で暮らしている……。二人の男の短い共同生活を奇跡的なまでのみずみずしさで描き、たちまちベストセラーとなった第34回文藝賞受賞作！

サラダ記念日

俵万智　40249-9

〈「この味がいいね」と君が言ったから七月六日はサラダ記念日〉――日常の何げない一瞬を、新鮮な感覚と溢れる感性で綴った短歌集。生きることがうたうこと。従来の短歌のイメージを見事に一変させた傑作！

著訳者名の後の数字はISBNコードです。頭に「978-4-309」を付け、お近くの書店にてご注文下さい。